AF392471

ISBN 979-10-94712-09-2

Michel TREGUER

SEXUELLES

Roman

(Le brûlot dont l'évocation ouvre le présent récit est plus longuement reproduit sous l'appellation *Genèse Porno* dans un autre recueil de l'auteur, titré *Aveuglément*. Les amoureuses des chapitres 6 et 7 y refont elles aussi surface, ainsi que dans un troisième roman intitulé *Tolente*.)

Sommaire

1. Post-scriptum

Pouvait-on imaginer occupation plus anodine ? plus innocente ? J'avais commis un petit livre de prix et de poids modestes – 18 euros, 215 grammes, tout juste ceux d'un soutien-gorge bon marché – un récit de fiction qui ne mettait en scène que deux personnages virtuels. Aucun humain réel ne pouvait se sentir visé. Je n'avais tué personne ! tandis que les bombes pleuvaient dans les rues d'Alep, qu'on coupait des mains et des têtes dans les dunes du Mali, qu'on violait des filles dans les faubourgs de Ciudad Juarez. Je n'avais mitraillé ni des spectateurs de *Batman* ni des adolescents en camping près d'un lac norvégien. Je n'avais pas non plus reçu le prix Nobel de la paix, ni gagné de médailles d'or aux Jeux olympiques, ni sauté en chute libre de trente-cinq mille mètres. Je n'avais fait que griffonner quelques minces graffiti sur des feuilles de brouillon et leur donner forme claire en tapotant sur un clavier d'ordinateur, seul dans ma chambre.

Et pourtant c'était à moi qu'on écrivait, davantage peut-être qu'au pape ou au président des États-Unis : des centaines, des milliers de lettres, par sacs postaux entiers. Ce flot disait d'emblée l'universalité du thème que je n'avais guère voulu qu'effleurer plaisamment. Qu'est-ce que les humains faisaient tous, qui pouvait les interpeller aussi puissamment ? Parler, bien sûr, mais les langues les séparaient aussi bien depuis la colère de Dieu devant l'ébauche de Babel. Manger, rire, mais la variété des cuisines, des cultures, traduisait davantage une dispersion qu'une similitude. Quel comportement était aussi nécessaire à un Français républicain qu'à un Anglais monarchiste, à un communiste chinois qu'à un indien d'Amazonie, à un inuit groenlandais qu'à un masaï kenyan ? *Faire l'amour.* Quel geste ? unir un pénis mâle et un vagin féminin. Les animaux en faisaient autant, mais précisément en s'en tenant là ; sans ouvrir au-delà de ce pôle un éventail de civilisations, de religions, de lois morales et de sermons ; sans en faire le point de départ de disputes philosophiques, de proscriptions, de lapidations. Cette origine biologique en deçà du langage, ce statut naturel entourant la raison comme une plaine infinie la dentelle d'une crête, rattachaient sans détours l'espèce humaine à l'univers entier ; au mystérieux *Big Bang* ; à Dieu, n'en déplaise à saint Augustin et autres pisse-vinaigre.

J'avais signé mon texte d'un nom d'emprunt en cherchant à me convaincre de ma timidité ; pour pousser mes personnages devant moi ; pour m'abriter derrière leurs silhouettes dont la nudité et les ébats ne manqueraient pas d'attirer les regards. Je ne croyais pas si bien dire, ou plutôt si bien penser, car je n'avais parlé à personne de cette œuvre en chantier. Maintenant, fierté et curiosité mêlées peinent à contenir l'effroi qui m'oppresse lorsque je regarde ces enveloppes donner consistance et vie à ce destinataire inconnu, vaguement menteur, auquel je ne m'identifie plus tout à fait.

C'est sans en avoir proprement décidé que je me suis abstenu de répondre aux premières missives. Je voulais prendre le temps de retourner à leurs signataires des billets élégants, gentiment agaçants. Heureux manquement ! Ainsi, j'ai pu éviter de me noyer dans les suivantes en choisissant cette fois délibérément de les ignorer. Lucile, l'assistante de mon éditeur, ne s'est amusée de ce flot que pendant quelques jours : « elle n'avait jamais vu ça. » Depuis, son intervention se limite à descendre chaque matin à la cave le nouveau paquet déposé par le facteur. Je ne souhaite plus qu'elle me fasse suivre ce courrier impossible à traiter. Pour autant, ce retrait, que plusieurs journalistes ont qualifié de « hautain », me vaut des sentiments mitigés : une certaine forme de jouissance solitaire, mais aussi la crainte de le voir assimiler à un mépris de mes lecteurs. S'ils m'écrivent à leur tour, après avoir découvert mes mots, après les avoir laissés gagner leur cerveau comme des virus malins, c'est que mon livre les a troublés dans une zone précieuse de leur identité. Je suis en eux. Nous sommes des amis intimes, très intimes, même si je ne les lis pas comme ils m'ont lu. Je me disperserais, tandis que mon texte concentre déjà d'avance toutes leurs interpellations comme une cible visée par une volée de flèches. La bonne solution est de me faire absent et silencieux, d'ignorer toute demande d'interview de la presse écrite, d'éluder les invitations dans les studios de radio ou de télévision. Tout commentaire de ma part pourrait être trop facilement perverti par les professionnels des scandales *people*. Je devrais avouer mon propre étonnement devant ce succès qui prend des allures de prodige. Je ne me sens guère en goût ni en capacité de redescendre au niveau de disputes ordinaires pour le commenter. J'en suis désormais davantage un spectateur parmi d'autres que le mystérieux auteur.

Déjà débordée, la chère Lucile avait encore moins imaginé quelles nouvelles cataractes se déverseraient bientôt dans son bureau. La traduction du livre dans la quasi-totalité des langues européennes, puis dans nombre d'idiomes asiatiques, a multiplié d'autant le courrier. De surcroît, si quelques-unes de ces nouvelles lettres sont encore rédigées en français, ce n'est plus le cas de la majorité d'entre elles : pour prendre connaissance de tant de messages obscurs en japonais, en chinois, en tamoul, il faudrait engager un bataillon de traducteurs ou établir un protocole de collaboration avec un institut de langues étrangères.

Le présent journal répond à une demande de mon éditeur. « Comme nous ne pouvons pas savoir où nous mènera cette folie », il m'a suggéré d'en garder trace sous la forme d'un journal ou de tout autre écrit qu'il sera toujours possible de passer au broyeur ou de tenir secret jusqu'à une date dont je pourrai décider. J'ai eu du mal à satisfaire la demande formelle de mon ordinateur exigeant que je lui trouve un titre. L'idée que nous étions tous, mes correspondants des deux sexes et moi, des disciples du Serpent biblique, m'a longtemps séduit et tenu en arrêt, mais je ne suis pas parvenu à en ramasser les effluves dans un juste mantra suffisamment concis. Certes, mes errances d'écrivain pouvaient bien se comparer à une reptation. Mais *Serpentaire* était trop biologique ; *Serpentement*, trop lourd ; les *serpentins* étaient des tubes de chauffage ou d'innocents rubans de papier ; la *serpentine*, une roche qui ne méritait pas d'assumer un héritage aussi prestigieux. Puis, une exclamation d'une Lucile éplorée m'ouvrit dans cette jungle une clairière que je crus définitive : « quel cinéma ! », avait-elle gémi. Y manquait encore l'idée que ce scénario se jouait tout autant dans ma conscience d'auteur, dans mon intérieur d'homme, que dans l'ava-lanche des messages extérieurs. *Home cinéma* parvint alors à me faire sourire, avant que *Homme Cinéma* ne s'impose... provisoirement. Ce choix avait le mérite d'une certaine transparence : les mots « texte », « livre », « essai », « roman, « fable », resteraient réservés à l'opuscule publié, tandis que les présents graffitis n'auraient d'autre raison que de leur fournir un écran. Mais l'affaire se jouait sur papier et à la poste, non dans une salle obscure. Ce « cinéma » paraissait suggérer un vain fantasme de ma part. Je revins donc au sexe et aux formules épistolaires, en me désolant de l'emploi déjà avéré de l'adverbe « sexuellement » dans nombre d'autres titres : *Sexuellement vôtre* était déjà pris. Au cours d'une nuit d'insomnie, je vis enfin s'épanouir comme une fleur dans le gris paysage où je me débattais un mot dont me convinrent la brièveté et la claire sonorité, la légèreté féminine et l'ambiguïté grammaticale, à mi-chemin de l'adjectif et du substantif. Il y avait bien des « Actuelles » et des « Usuelles » : mes pages à moi seraient tout simplement des *Sexuelles*.

Il est sans doute bon que je reprenne la saga depuis son origine. A priori, il s'agit seulement de raconter ce que je connais bien. Mais je sais aussi qu'on ne pense réellement, qu'on ne dégage la voie aux idées neuves, à l'imprévu créateur, qu'en mobilisant ses neurones, en les libérant des formes usées ; en leur laissant, si j'ose cette métaphore animalière, la bride sur le cou ; en tentant, en explorant, en rêvant, en parlant ; en écrivant. Nous ne sommes pas que conscience et volonté. L'immense complexité du cerveau et la machinerie du langage ont leur part dans nos créations. Bien des inventeurs ont trouvé résolue au matin, sous leur front, l'énigme qui refusait de leur céder la veille dans leur cabinet de travail. Une fois avenue, la solution masque alors de son évidence la merveille de son émergence : on ne se demande plus comment elle s'est manifestée, elle était subitement *là*, ce plaisir était bien assez après tant de souffrances. On se demande encore moins *qui* a trouvé, quelle identité nouvelle s'est épanouie dans la tête du chercheur. On connaît l'observation de Stevenson, s'émerveillant que de petites créatures, des *brownies*, occupent son corps et travaillent pour lui pendant son sommeil, lui offrant au réveil des pages entières qu'il lui suffit de transcrire. Il n'y a pas que dans les îles qu'on trouve des trésors.

Or, si je me suis abstenu de m'exprimer sur mon texte au grand dam des magazines littéraires, je ne me suis pas pour autant condamné au mutisme sur d'autres sujets ; ni physiquement enfermé, une fois le livre publié. Les droits d'auteur m'ont valu une fortune que, du temps de mon dénuement antérieur, j'aurais qualifiée de colossale. J'ai voyagé. Sans dire qui j'étais d'autre qu'un errant fortuné, j'ai accepté des invitations de plus en plus prestigieuses, en m'attachant à limiter l'échange avec mes hôtes à quelques banalités sur les cours des bourses mondiales, au-dessus de coupes de champagne. On n'est jamais à l'abri du mauvais goût et des malentendus, mais il peut être agréable d'en profiter. Je suis devenu le plus envié des *happy few*, courtisé par la presse magazine avec une forme rare de respect comme s'il était tout de même probable que mes sourires cachassent un secret de prix. J'ai goûté aux chefs-d'œuvre des plus grands cuisiniers, qui se sont vantés de mes appréciations. J'ai dormi dans des palais de maharadjahs, mais aussi bien dans des igloos d'esquimaux ou des cabanes de papous reproduits dans *Elle* ou dans *Vanity Fair*. Dans les hôtels les plus chers de la planète j'ai fait venir dans ma chambre les plus belles *escort girls*, quelquefois pour apprécier leur talent, quelquefois pour le seul plaisir de les voir et de leur parler. J'ai été l'un des premiers quidams, à la vérité l'une des premières célébrités, à pouvoir séjourner dans une station spatiale. Des stars, des astronautes, des prix Nobel, des rois et des présidents se sont déclarés honorés de me recevoir et de me serrer la main. On aurait bien dit que le seul fait de me connaître flattait leur libido, sans qu'ils comprissent pourquoi.

Car toutes ces merveilles m'ont été données en récompense d'un seul récit de dimension modeste, contant une nuit d'amour entre un narrateur et une femme, aux identités non précisées. La parution de ce brûlant *midrash* a suscité une sorte de sidération mondiale qui a repoussé pour un temps dans des rubriques moins lues les statistiques économiques et les affrontements stratégiques menaçant l'avenir de la planète. Si une publication juive s'est permis d'user de ce terme hébreu d'ordinaire réservé aux contes de teneur religieuse, c'est que tel a bien été le terrain sur lequel se sont placés d'emblée les premiers commentateurs. Innombrables ont été les articles soutenant que j'avais « ramené l'humanité à ses fondamentaux », à la fusion des corps ; et au-delà, a cru pouvoir ajouter un éditorialiste québécois en suscitant une levée en masse d'avis opposés, à la promesse d'une descendance qui donnerait un futur, voire l'éternité, à la vie. À la vérité, cette extrapolation traduisait une vaine tentative de récupération de la part de « croyants » horrifiés par la radicalité du livre qui fait, lui, du plaisir, de la jouissance, la première valeur de la vie. Les animaux, lit-on même dans quelques lignes lapidaires, et les *homo sapiens* aussi bien, ne copulent pas d'abord pour avoir des petits, mais parce qu'ils en ont envie, parce qu'ils désirent l'autre. Les enfants sont donnés de surcroît. Si la procréation traduit *in fine* le mouvement de la Vie ou la volonté de Dieu, « ça Les regarde » (sic). Mais, dans un premier temps, elle est sans rapport avec le désir des amoureux. La coïncidence des deux phénomènes peut être lue comme une ruse de l'Évolution. Vous voulez jouir ? soit, en échange vous donnerez de vos forces et de votre temps à la perpétuation de l'espèce.

Pour autant ces polémiques académiques ne venaient pas à bout des provocations du récit qui paraissaient se développer encore dans le flot des critiques. On a écrit que j'avais ajouté à la Bible le chapitre manquant décrivant la première étreinte d'Adam et d'Ève : « Pourquoi nos premiers parents ne se seraient-ils pas offert une petite fellation pour se reposer de l'épreuve qu'avait sûrement constituée pour eux l'extraction de la côte ? coït à l'envers heureusement remboursé par mille fusions ultérieures. » *La Genèse porno* a inventé un quotidien connu pour ses titres étincelants. Dans une émission de *France Culture* un rabbin moins satanique a rappelé l'histoire qui prête à Dieu sommé de résumer ses travaux la formule : « J'ai fait des couples,

J'ai uni des gens. » Évocation paisible qui a néanmoins amené l'animateur d'un *talk-show* télévisé à se demander, avec un ricanement gêné, si j'avais en quelque sorte égalé Dieu. Quelques participants jugèrent cette incise horriblement impie, des hurlements montèrent, des coups de poing furent échangés. Le tumulte fut terrible : un vrai *tohu-bohu* commenta le lendemain un quotidien du soir, en jetant de l'huile sur le feu.

Cette tonalité trop systématiquement religieuse menaçait de devenir gênante, d'attirer sur mon livre les foudres des organisations laïques qui ne pouvaient pourtant que lui être favorables sur le fond. Pour ne rien dire de la couleur fortement juive de ces admirations qui risquait de m'aliéner des publics chrétiens intégristes ou musulmans : tout encouragement était bon dans une perspective universaliste. Ce fut donc avec un certain soulagement que je lus l'hommage d'une romancière à la mode, comparant le couple de mes héros à ceux des contes les plus célèbres, « privés par Grimm et par Perrault des délices qu'on devine au-delà du point final ». À la vérité, ce n'était guère original, car la littérature regorge de versions *hard* de *Cendrillon* ou du *Petit Chaperon Rouge* ; le cinéma, de *Blanche Neige* ou de *Peau d'Âne porno*. La Genèse, c'était mieux. Moins attendue fut la proposition d'un journaliste scientifique pince-sans-rire, suggérant que fût installé un réseau d'émetteurs lançant en permanence vers les profondeurs de l'espace des phrases ou même l'intégralité de mon livre, « peut-être capable de bouleverser jusqu'aux extra-terrestres ».

Curieusement, en dépit du *buzz* médiatique en cours sur l'extension du mariage et de l'adoption d'enfants aux couples de même sexe, le quasi-silence de l'ouvrage sur les questions de l'homosexualité et de la transsexualité n'a pas vraiment nui à sa célébrité. Les tenants de ces formes différentes d'humanité ont bien voulu convenir qu'il s'agissait d'abord d'un récit, qui se trouvait réunir un homme et une femme ; et que, s'il était possible d'y trouver les signes d'un combat, ce plaidoyer général pour la promotion du plaisir intégrait sans le dire leur propre revendication. Pour pointer l'intolérance des sociétés historiques depuis des millénaires, il était d'autant plus fort de s'en tenir à la forme la plus fréquente du couple, c'est-à-dire à sa version hétérosexuelle.

La principale originalité du texte tient à la juxtaposition de descriptions érotiques, voire donc pornographiques, avec le verbatim d'un dialogue quasiment philosophique entre les deux amants. On ne sait pas si les deux personnages se fréquentent depuis longtemps ou s'ils viennent de faire connaissance ; de savantes thèses universitaires ont proposé sur ce sujet des hypothèses contradictoires. On ne leur connaît pas davantage de culture ni de nationalité. Plusieurs journalistes ont tenté de faire de cette imprécision un manque dommageable, voire une faute ontologique ; c'était vouloir ignorer qu'ainsi tout humain peut simplement s'identifier à l'un ou l'autre des deux personnages. Le récit doit son universalité à ce silence. Il parle de nature, sans oublier pour autant qu'il faudra y adjoindre des cultures pour construire une humanité. Mais les Arabes ou les Hurons jouissent aussi bien que les Roms ou que les Lords anglais.

L'homme se présente avec insistance comme « un chevalier du hasard », auquel il prête à plusieurs reprises rien moins que du génie. Une main sur un sein de sa partenaire, il note sans en préciser les circonstances que leur rencontre a été fortuite, et il y voit paradoxalement le signe d'une fabuleuse élection. Comprenne qui pourra. De deux choses l'une : ou bien les lecteurs devinent, ou bien ce qui leur échappe les fascine. Les explications sont éludées, les précisions manquent, mais on les sent agissantes sous les provocations du récit, et cette obscure présence crée une excitante frustration qui devient un irrépressible désir de poursuivre.

Pour l'amant conférencier toute l'histoire de l'univers et l'évolution de la vie peuvent se décrire comme une saga de ce précieux hasard. Rien n'a jamais été programmé, les particules du *Big Bang* ont été semées en désordre, ce qui ne les a pas empêchées de s'agglutiner par simples coïncidences de formes, par attirances entre contraires : les creux appelant les bosses, les serrures les clés et les plus les moins, « comme des amoureux déjà ». Ainsi sont nés les atomes, les molécules complexes, de premières cellules capables de se reproduire. Ensuite, ajoute-t-il en glissant l'une de ses cuisses entre celles de son auditrice, les organismes élaborés ne sont apparus qu'à l'occasion de ratés dans ces processus de réplication. Sans elles, l'univers n'aurait connu que le règne du même. Les poissons en seraient restés aux nageoires sans que jamais des esquisses de pieds leur permettent de sortir sur la plage. Seules des erreurs ont fait naître des êtres nouveaux, donc imprévus par définition, en général défectueux et vite éliminés, mais quelquefois mieux adaptés au présent du réel.

Le sexe du narrateur est dressé, il pénètre délicatement pour la deuxième fois dans le chaud refuge de sa bien-aimée. Le paradoxe de l'histoire humaine, poursuit-il, est que cette imprévision radicale, cette méconnaissance absolue, sont intolérables aux maîtres que nous voulons être. Tant Descartes que Dieu assigne à l'homme un destin d'intendant de la Création qui le pousse à prévoir. Ce qui précisément ne se peut. Les économistes multiplient des annonces systématiquement démenties par les faits, qu'ils commentent ensuite avec une feinte compétence. À la vérité, les odes aux progrès techniques ou moraux ne sont que d'autres versions des vaines parousies religieuses promettant la fin des temps, l'improbable retour de quelque messie ou l'absurde résurrection des corps. Nous vivons contre le monde au lieu de nous unir à lui. Et de jouir de conserve, conteur et auditrice...

Reste encore dans ce discours un développement dont la présentation a été admirée par les plus retors des styliciens, parce qu'il fait en somme du texte lui-même –

une fiction – la substance de son argumentation ; l'existence de la forme devient la preuve du fond. La remarque d'origine est simple, presque simplette : elle consiste à noter que, si dans leurs activités publiques les humains courtisent vainement mais inlassablement la prévision, à l'inverse, dans leurs rêves et dans leurs œuvres d'imagination, dans leurs romans, dans leurs films, ils réservent une place de choix aux séductions de l'imprévu. Innombrables sont les récits qui commencent par un « coup de théâtre » : un événement survient, qui n'aurait pas dû se produire, et deux cents pages suivent, ou quatre-vingt dix minutes d'images. C'est notamment le cas de la littérature dite « policière », des « série B » à suspense, des feuilletons télévisés, qui attirent les publics les plus nombreux. Ces deux témoins qui passent sur la scène d'un crime s'y croisent-ils par hasard ? ou bien s'y sont-ils donné rendez-vous ? ou bien ont-ils été ou seront-ils manipulés par un tiers ? Peut-être la remarque la plus subtile sur ce point, sinon la plus éclairante, a-t-elle été celle d'un critique invoquant « le mystère de la bande de Möbius » : « On est dedans, a-t-il écrit, on présente sa carte d'ingénieur, on raisonne, on prévoit, on déclare la guerre au hasard ; et puis on se retrouve dehors, espérant gagner au Loto et attirer la faveur des dieux, sans avoir jamais franchi aucune frontière. »

Or, le livre lui-même vacille sur cette crête : se limite-t-il à la chronique d'une rencontre ou peut-il être vu comme une métaphore de la condition humaine toute entière ? est-il une démonstration ou une plaisante fantaisie sans aucune nécessité ?

Encore faut-il introduire ici le deuxième personnage de la fable. Les méditations d'un Adam solitaire finiraient par lasser. Il faut qu'Ève apparaisse, avec ou sans Serpent. C'est un thème qui vaut aux amants et à leurs lecteurs voyeurs quelques pages de rêverie. Dans la Genèse biblique le fameux fruit n'est défendu que parce que sa consommation ouvre à la connaissance du bien et du mal : on comprend que Dieu redoute qu'y prenne source une contestation de son pouvoir. Mais dans les transcriptions ultérieures ou tout au moins dans les représentations picturales de scènes de l'Eden, nécessairement chrétiennes puisque le judaïsme les interdit, on voit apparaître une pomme dont l'origine est obscure. Les spécialistes ont invoqué sans convaincre les reinettes d'or des Hespérides grecques ou les boskoops de l'Avalon celtique. En latin, le même mot *mala* veut dire à la fois « mal » et « pomme », mais on ne sait trop s'il s'agit d'une origine du mythe, d'une confusion exploitée ultérieurement ou d'une plaisanterie académique.

Dans le livre, les deux tourtereaux se promettent de manger ensemble une pomme dans le cours de leur prochaine nuit d'amour. Nus bien entendu. « Ça va être d'enfer », lâche la nouvelle Ève sans mesurer tout à fait ce qu'elle dit. Lui préfère revenir à la Torah et constater qu'il ne faut pas trop solliciter le texte pour constater qu'il fait de la sexualité une sorte d'équivalent du pouvoir divin, peut-être son autre nom. C'est après avoir consommé le fruit interdit que le premier couple s'unit. Certes, ils connaissent alors la pudeur et la honte, mais, espérons-le, la jouissance aussi bien. Cette antinomie qui donne son épaisseur au récit laisse déjà deviner la grande fêlure de l'humanité, jamais cicatrisée, entre, d'une part, les hédonistes, les optimistes, les philanthropes, les amoureux de la vie, et, d'autre part, les obsédés de la souillure dont la triste cohorte n'a jamais maigri au fil des siècles. « Nous naissons entre les excréments et l'urine » a pondu saint Augustin, sûrement très fier de sa trouvaille. Je regrette de n'avoir pas eu avant un grand romancier italien l'idée d'une conspiration ourdie par des crapules métaphysiques visant à escamoter un manifeste d'Aristote favorable au rire et au bonheur d'exister.

À la vérité, le texte biblique ne mentionne jamais le plaisir sexuel. Dieu crée d'abord un être complet qui ne deviendra formellement double, « mâle et femelle », que rétrospectivement, lorsque ces deux genres seront apparus. Une fois Adam « flanqué » d'Ève, c'est le cas de le dire, l'épisode suivant du feuilleton est policier : c'est l'histoire de la désobéissance et de la punition des coupables. La première mention d'une partie de jambes en l'air est ultérieure et franchement elliptique, pour ne pas dire tristounette : *« L'homme connut Ève, sa femme. Elle conçut et enfanta Caïn, en disant : "J'ai acquis un homme grâce à Iahvé." Elle enfanta ensuite son frère Abel. »* Peut mieux faire ! C'est une curiosité énigmatique et regrettable que cette frilosité du monothéisme face à la jouissance. Il n'est pas moins logique de considérer comme particulièrement sacré, plutôt qu'avilissant, ce point où l'*homo* laisse brièvement échapper sa conscience de *sapiens* pour accomplir le projet de Dieu : « unir des gens ». L'explosion de l'orgasme n'est pas un effondrement : c'est l'Élévation darwinienne.

Telle est bien la thèse implicite du livre. Si elle n'y est pas directement formulée en de tels termes, c'est qu'en choisissant de raconter, de constater, de donner à voir, plutôt que de débattre, le texte se démarque plus encore des folies intellectuelles soutenant les dogmes religieux. Laissons, manifeste-t-il sans s'abaisser à le dire, le péché originel aux théologiens chrétiens, pourvu qu'ils nous laissent l'oublier ; pourvu qu'ils nous laissent échanger des regards, caresser, danser, communier en jouissance. Laissons le rejet du désir aux bouddhistes, pourvu qu'ils nous laissent le rechercher ; on peut vouloir souffrir, si c'est d'amour. Les musulmans de Kaboul cachent le visage et le corps des femmes ? les juifs de Mea Shearim ne leur serrent pas la main ? On se contenterait bien d'un « tant pis pour eux ! », si ce n'était précisément oublier les femmes.

Le lieu de la vie et celui de l'humanité aussi bien, insiste le narrateur en imprimant délicatement la marque de ses dents dans le cou de sa partenaire, c'est le corps ; n'en déplaise à Platon, à Descartes, au pape, à tous les dualistes ; à presque toutes les religions et les philosophies. Non pas le corps avant l'esprit ou contre l'âme : car cette autre trinité n'est qu'une, et on peut s'abstenir de la déliter ainsi. La conscience humaine, tous les « je », tous les « nous », les « tu », les « eux », les « ça », naissent du néant, *apparaissent* dans l'évolution de la matière. L'histoire, le réel, c'est ce qui se produit. Le récit proposé ne s'affaiblit pas en cherchant à cacher les prétendus « désordres de la chair » sous le fade manteau des amours éthérées ou derrière le trompe-l'œil des conflits familiaux. Ni Shakespeare, ni Bernardin de Saint-Pierre, ni Goethe n'a montré Roméo et Juliette, Paul et Virginie, Werther et Charlotte, en train de faire l'amour. Aucun d'entre eux ne mentionne ces merveilles naturelles que sont les muqueuses, les glands, les prépuces, les vagins, les lèvres, les clitoris. Tandis que la *Genèse porno* rappelle que chaque jour, chaque nuit, des milliards de femmes et d'hommes – des milliards ! – unissent leurs chairs aimées, vilipendées en chaire.

Il est à noter que, dans le livre, un mystère plus grand nimbe l'amante, du seul fait qu'elle est plus silencieuse que son compagnon. De chacune des phrases du conteur suintent des non-dits qui éclairent peu ou prou son état d'esprit. La syntaxe le trahit. Par exemple, l'emploi du conditionnel à la place du présent suggère qu'il n'adhère pas complètement à ce qu'il dit : au mieux, il exprime une possibilité plutôt qu'un fait ; au pire, il sait qu'il délire. Il n'est pas tout à fait exempt des défauts des phraseurs. Il pérore. La réserve élégante de sa partenaire ne veut pas dire qu'elle peine à l'égaler. Elle est le secret, elle est « le reste », dont l'immensité l'emporte infiniment sur la substance sclérosée des discours et des attitudes répertoriées.

Au demeurant, malgré cette discrétion souriante, elle prend assez vite la parole, avec une brièveté foudroyante, pour placer son féminisme sous un patronage païen fabuleux, antérieur à toute raison. Elle se veut fille de *Nyx*, la déesse grecque de la nuit. Lorsque cette idée d'auteur m'est venue, j'ai mené quelques recherches pour vérifier sa pertinence. L'étendue des liens familiaux de la fée et celle de ses pouvoirs m'ont impressionné et comblé. Elle ne contrôle pas seulement les brèves absences du soleil, elle est la Nuit du monde, lorsque, *« la terre était encore déserte et vide, que seuls les Ténèbres planaient au-dessus de l'Abîme »*, encore que ce soient là les mots de la Bible et non ceux d'Hésiode ; non pas tant avant toute Création que comme un premier état de ladite Création ; quand « quelque chose » ne s'était pas encore substitué à « rien » pour empêcher Leibniz de dormir. Nyx est la mère du réel, comme l'inexistence précède l'être à venir. Elle émerge avec son frère *Érèbe* du Chaos primordial. À la différence d'Adam et Ève dont la Bible tait la consanguinité pourtant maximale, cet autre couple s'avoue sur le champ incestueux. Il copule et engendre deux descendants qui les contredisent en déployant le monde lumineux : *Éther*, l'espace lointain, la haute atmosphère ; et *Héméra*, le jour.

La suite vaut le début. Nyx se débarrasse de son inquiétant frérot, et donne seule naissance, comme une autre Vierge future, à *Moïra* la Destinée, bientôt multipliée en une trinité de *Moires*, tisseuses de la vie des hommes et des dieux ; à *Charon,* le Nocher des Enfers ; à *Géras,* la Vieillesse ; à *Philotès*, l'Amour sexuel ; à *Momos,* le Sarcasme ; à la Tromperie, *Apaté* ; à la Ruse, *Dolos* ; à *Moros,* le Sort ; à *Oizès,* la Misère ; à *Hypnos* le Sommeil, accompagné des mille *Oneiroi* des Songes, au nombre desquels le célèbre *Morphée* ; à *Thanatos,* la Mort. N'en jetez plus ! « Avec un tel commando », commente la conteuse, « on peut faire un monde qui ressemble au nôtre. Au demeurant, ce n'est pas tout. Selon d'autres sources, Nyx serait aussi la mère des *Hespérides,* et voici de nouveau les fameuses pommes d'or sur lesquelles elles veillent ; de *Némésis,* la Vengeance et la Justice divine ; des *Érinyes,* divinités persécutrices ; des *Kères,* les Esprits des morts violentes ; d'*Éris,* la Discorde ; de *Lyssa,* la Colère ; d'*Hécate,* la Sorcellerie ; du *Styx,* l'un des fleuves des Enfers… C'est moins gai, mais ces sujétions, ces cauchemars, ont bien aussi leur part dans nos vies.

— Avec laquelle de ces sirènes suis-je en train de faire l'amour ? demande alors l'auditeur de cet exposé qu'il vient de reproduire puisqu'il est le narrateur de la scène. Je les aime toutes.

— *Nyx* m'a tellement séduite, continue sa partenaire, que j'ai moins cherché ailleurs. Mais il existe des effigies voisines dans d'autres mythologies, comme *Nott* chez les gens du Nord. *Kâlî* en Inde est plus destructrice que créatrice, mais c'est bien la déesse du Temps, et les Hindous l'appellent "la Noire" ».

Ce n'est pas le seul moment de leurs ébats, de leur danse, où les deux interprètes enduits d'humeurs tant féminines que masculines évoquent cette fécondité primordiale de la Nuit, laquelle, loin d'être un masque, est ouverture sur l'infini : c'est quand la lumière cesse de l'aveugler que l'humanité peut accéder aux profondeurs du ciel, à l'être de l'univers. Ils s'amusent même à moquer des auteurs célèbres, de Nerval à Céline, qui présentent la nuit comme un espace sinistre sous « le soleil noir de la mélancolie ». Ne trouvent grâce à leurs yeux d'enfants de l'ombre que quelques rares précurseurs comme Musset dont ils chantent *La Nuit de Mai* en prélude à une nouvelle étreinte particulièrement torride. C'est elle qui dit les vers, tout en léchant délicatement le gland de son ami posé sur ses lèvres :

Poète, prends ton luth et me donne un baiser ;
Le printemps naît ce soir ; les vents vont s'embraser...
Ce soir, tout va fleurir : l'immortelle nature
Se remplit de parfums, d'amour et de murmure,
Comme le lit joyeux de deux jeunes époux.
Mon sein est inquiet ; la volupté l'oppresse,
Et les vents altérés m'ont mis la lèvre en feu.

Puis l'homme, toujours un peu professoral malgré sa position, reprend un développement plus théorique en notant que, dans la Bible monothéiste, il ne saurait bien sûr exister d'autres « personnes », fussent-elles divines, que l'Unique. Mais il reste que, avant le début de la Création proprement dite, dans l'éternité préalable, le moment sans durée, Dieu cohabite avec les fameux « ténèbres » d'où vont sortir le monde, l'espace, la lumière, le temps. À l'image biblique du « souffle divin planant à la face des eaux », le discoureur oppose plaisamment une vidéo aperçue sur *YouTube* de « Dieu surfant sur les ténèbres ». Au demeurant, continue-t-il, on se demande pourquoi cet Être total a besoin de créer quoi que ce soit, surtout un monde tellement imparfait. Sa Splendeur aurait dû lui suffire. C'est un détail que les kabbalistes ont pointé. Ils ont imaginé qu'il fallait que Dieu s'absentât pour faire place à l'univers. Ils appellent *tsimtsoum* ce retrait du Créateur, qu'on se représente volontiers dans quelque planque archaïque si des bribes des anciennes mythologies ont perduré : un tripot peut-être, comme en voit dans *La Guerre des étoiles*, où il puisse passer le temps en jouant aux cartes avec Nyx, sans trop s'inquiéter des abominations perpétrées par les hommes...

Plusieurs commentateurs de ces échanges scandaleux ont ajouté à leur étrangeté en imaginant que la femme du couple pourrait être aveugle. Cet empêchement ou cette qualité lui vaudrait une qualification particulière pour évoquer le pouvoir créateur de la nuit et même celui du hasard : la déesse grecque Tyché puis sa version romaine Fortuna n'étaient-elles pas souvent représentées les yeux bandés ? À la vérité, sans l'avancer explicitement, le livre cultive bien cette ambiguïté en multipliant les oppositions entre le clair et l'obscur : notamment les dégorgements de sperme blanc, « crème de vie » dit le texte, sur les paupières closes ou les yeux incapables de l'aimée.

Cela dit, ajoute le conteur en se dégageant quelque peu des bras de sa partenaire pour la laisser rire plus aisément, la billevesée la plus farce, c'est à la philosophie qu'on la doit. Dans *Le Banquet*, le prestigieux Platon fait exposer par le non moins célèbre Aristophane une histoire de la différence sexuelle et une théorie du désir qui laissent pantois. Avant d'en venir à ces développements, le professeur sans toge et sans slip glisse qu'il vaut la peine d'en considérer la forme. On ne se souviendrait pas assez des origines rocambolesques de ce que nous tenons trop facilement pour des savoirs. Aux corps nus des amants il faut ajouter des cultures pour en faire des humains, mais, dans ces cartables, que de bêtises mêlées à des trésors ! Au mot « philosophie » nous associons des images de nobles enseignants déjà statufiés, de bibliothèques imposantes ; quand nous devrions souvent penser à des confidents amicaux, à des plaisantins prêts à rire ; voire à des filous, experts en poudre aux yeux ou en solutions criminelles. Descartes, dont nous faisons un parangon de rationalisme, aurait selon son biographe en soutane reçu la vision de sa célèbre « méthode » par l'intermédiaire de trois rêves. Il ouvre son célèbre *Discours* par deux phrases pour le moins troublantes, qui posent que « le bon sens est la chose du monde la mieux partagée » et ajoutent que cette affirmation est donc suffisamment prouvée si chacun sent que c'est vrai ! Il avancera certes ensuite des idées intéressantes sur la conscience et la pensée, sur le calcul analytique, mais il soutiendra également mordicus la matérialité de l'âme, non pas en la confondant avec celle du corps mais en la lui opposant ; et il présentera son travail comme une démonstration de l'existence de Dieu. Rousseau dont nous reste surtout la silhouette d'un démocrate solitaire s'est fait dans *Le Contrat social* le théoricien du futur stalinisme, prévoyant la mort pour tout contestataire de l'ordre politique ; avant de devenir fou et de déposer son dernier manuscrit sur l'autel de Notre-Dame pour être au moins reconnu de Dieu, sinon de ses frères humains…

Le Banquet joue la carte de la proximité, de la familiarité, ce qui pourrait ne pas être inconvenant pour débattre de l'amour ; mais le texte bascule vite dans des propos d'ivrognes, de surcroît tous mâles. Une bande d'amis discute en vidant force coupes. On les imagine vautrés sur des couches tachées, les joues rouges ou par moments saisis de nausées. Et chacun de conter ce qu'il a entendu dire de tel autre, qui lui-même l'avait recueilli de la bouche d'un troisième, etc. Au demeurant, avant de faire tourner la parole de l'un à l'autre des convives, le récit s'est déjà donné la couleur d'un « on-dit » : Apollodore rapporte à un ami ce que lui a conté Aristodème qui avait par hasard rencontré Socrate le jour de la fête, lequel l'avait invité à l'accompagner… C'est là assurément une juste observation : tout notre savoir académique est fait d'une accumulation de commentaires en abyme sur de premiers axiomes aux auteurs moins certains. La pratique du « copié/collé » n'est pas une invention des adolescents du troisième millénaire ; les thèses universitaires truffées de citations n'ont jamais rien fait d'autre. Toute vérité se perd, toute création se tarit dans ce jeu de renvois. Un personnage féminin fait même son apparition dans la confrérie désordonnée du banquet platonicien, mais il est virtuel : plutôt que de parler à son tour à la première personne, Socrate fait mine de s'en remettre à ce que lui a un jour appris la savante Diotime ! L'ensemble est un modèle de confusion intellectuelle, mélangeant constamment les données abstraites, les cas concrets et les notions personnifiées : l'Amour peut se trouver dans la même phrase représenter une Idée avec un « A » majuscule, ou bien l'amour de quelqu'un, celui de quelque chose, ou bien encore un dieu dont on commente alors la beauté, la bonté, etc. Fichtre ! difficile d'imaginer éclairer ainsi un lecteur moderne. La seule valeur qu'on peut trouver à ce galimatias est d'offrir un aperçu des vasières par où est passé l'esprit humain avant d'accéder à des territoires plus clairs.

Le plus célèbre des exposés que propose l'un des buveurs est aussi le plus invraisemblable. Aristophane soutient que les humains avaient autrefois des corps sphériques dotés de quatre jambes et de quatre bras, qui les conduisaient à se déplacer en faisant la roue. Ils étaient de trois sortes : les mâles, les femelles et les androgynes. Ils sont vigoureux et, comme le premier couple désobéissant de la Bible, ils envisagent de contester le pouvoir des dieux. Zeus décide alors de les affaiblir, plus radicalement encore que son confrère Élohim qui s'en est tenu à les condamner à la souffrance et à la honte : il les coupe en deux, de haut en bas, en séparant l'avant de l'arrière. Mais il compatit à leur monstruosité nouvelle, et il passe commande à Apollon d'opérations de chirurgie réparatrice : les blessures sont recousues, fermées par le nombril ramené en façade de même que les visages et les organes sexuels... Voici l'humanité hétérosexuelle constituée par les moitiés mâles et les restes femelles des androgynes tranchés. Ces malheureux précurseurs du monstre de Frankenstein n'ont qu'un désir, celui de s'unir pour reconstituer l'être complet. Telle est la géniale explication de la sexualité concoctée par le père de la philosophie ! qui n'écrit jamais qu'il ne faut pas la prendre à la lettre. Quelques trivialités trouvent également place dans ce torrent de bizarreries : par exemple, l'identification de la volonté de procréer à celui d'un désir d'immortalité des parents. Quant aux mâles sphériques originaux, ils donnent, coupés en deux, les homosexuels masculins, dont Platon fait des intellectuels et des gouvernants parfaits puisqu'ils ne perdent pas leur temps à rechercher des femmes... Les demi-boules femelles qui engendrent les « tribades » – les lesbiennes – n'ont droit qu'à une phrase. Le cas des hermaphrodites, celui des transsexuels, ne sont pas évoqués.

En lecteurs tolérants, respectueux de l'intelligence des premiers penseurs qui aient écrit, nous sommes tentés de prendre cette folie pour une histoire drôle et troublante, pour une approche métaphorique de la différence sexuelle, à considérer d'un peu loin. Mais tel ne fut pas l'avis de nos pères au fil des siècles. Car la Bible juive donnait déjà et la Vulgate chrétienne reprend un conte proche de celui-là : Dieu a d'abord créé un « homme mâle et femelle » avant d'extraire Ève d'une côte ou du côté d'Adam ; certains textes kabbalistiques les présentent même dos à dos avant leur séparation, disposition qui rapproche encore plus les deux visions, juive monothéiste d'une part et grecque polythéiste d'autre part. Ce dédoublement chirurgical d'un être unisexe est encore ce que professent aujourd'hui les « créationnistes » de tous les pays, notamment des États-Unis d'Amérique. Les musulmans sont plus prudents : le Coran dit seulement, sans plus de précisions, que Dieu a créé un seul individu qu'il a divisé en deux sexes ; ou bien que, de l'homme originel, il a tiré sa compagne.

S'il est clair que ces récits mènent tout droit à la soumission de la femme, à la primauté du masculin tant en grammaire qu'en société, il est plus difficile de laisser voir et d'écrire que la conception du désir qui en découle reflète une fausse idée du temps et se trouve entachée de relents de racisme. L'amant philosophe s'y emploie dans le livre, tout en s'enivrant des odeurs et de l'altérité de sa compagne. Il s'agit toujours, chez les disciples de Platon comme chez les fils d'Adam, de « revenir » à une unité perdue : c'est une vision fermée de l'histoire de l'univers ; on ne risque pas, dans une telle perspective, de s'ouvrir à la fascinante errance de l'Évolution, au jeu créateur du hasard, à l'attente sinon l'appel d'un avenir inconnu. La différence de l'autre est perçue comme une dégradation, comme un mal qu'il s'agit d'effacer dans une fusion unificatrice. Tandis que l'amour vrai est découverte de la personne aimée, accession au nouveau monde qu'elle incarne ; et au-delà – c'est le plus important – création d'un monde commun aux deux amants ; commun, à travers eux, à toute l'humanité. La rencontre de deux consciences, serait-ce dans l'ivresse d'un orgasme, baptise le réel.

Quelques sages ont donc pu dire, encore qu'avec des mots moins provocants, que l'être de l'univers, le sésame de toute morale – Dieu pour les croyants – sont à chercher, non pas sur quelque nuage, dans une hostie, un étouffant tabernacle, ou dans un lointain Eden, mais sur le visage de l'Autre ; non pas seulement dans son regard, ajoute cependant la *Genèse porno*, mais aussi bien sur sa peau, sur ses muqueuses, dans ses humeurs et ses cris de plaisir.

Alors peuvent naître des outils qui permettent de transcender ces échanges physiques : les langages, par définition collectifs. Certes, « je pense, donc je suis » ; mais je ne peux penser, même seul devant mon miroir, que parce qu'une langue m'en rend capable ; une langue héritée, une langue partagée.

« Point d'orgue, médite le narrateur dans la dernière ligne, qui pourrait faire l'ouverture d'un autre livre.
– Moins rigolo, a murmuré la belle avant de se retourner. Je vais dormir un peu. »

2. Envoi

Le flot démentiel de ce courrier que je n'ouvrais pas creusait à mes côtés un gouffre dans lequel je craignais de voir sombrer ma raison, emportée par l'obscure cataracte. À la vérité, il y avait pire que le nombre excessif des messages. Avant de décider d'ignorer les suivants, j'en avais lu quelques-uns qui m'avaient valu un affreux malaise. Mes cheveux s'étaient dressés lorsque j'avais découvert que mes correspondants confondaient systématiquement l'auteur du livre avec le plus bavard de ses deux personnages. Mes lecteurs et lectrices ne doutaient pas j'étais l'amant du récit. Je me sentais nu sous leurs yeux. Cette impudeur réelle me paraissait outrepasser celle de la fiction et entacher de ricanements salaces des audaces que j'avais voulues élégantes.

Je m'étais résolu à ne plus rien connaître de ces horreurs, je laissais au réveil la lumière de matins apaisés chasser les ombres de ces cauchemars, lorsqu'un piège autrement précis s'est ouvert, consumant ma détermination. Une missive m'est parvenue à mon adresse personnelle et non pas chez mon éditeur, sans que l'enveloppe mentionnât ni ma qualité d'écrivain ni le titre de mon livre. Je l'ai donc ouverte, il pouvait s'agir du billet d'un ami ou d'une sommation de quelque administration. J'étais calme, je venais de relire le chapitre qu'on vient de lire, j'avais repoussé mon fauteuil pour me détacher du texte et consulter ce courrier anodin. Mais j'avais à peine déplié la feuille qu'un petit son de clochette m'avertissait de l'arrivée d'un message sur mon ordinateur, dans une boîte de réception que je venais de mettre en service. Une seconde m'a suffi pour effectuer un va-et-vient du regard entre l'écran et la page que je tenais en main : c'était le même texte. Je n'avais pas encore eu le temps de reprendre mes esprits, mais je mesurais déjà que la coïncidence des deux livraisons était singulièrement troublante : elle supposait un décalage organisé dans les envois. Quant à l'adresse électronique d'où était venue la version virtuelle – *ace@break.com* – elle délivrait déjà un avertissement à l'humour cinglant : un *ace*, dans un match de tennis, c'est un service qu'il est impossible de retourner ; un *break*, la conquête d'un avantage résistant à un seul échange.

Le cachet sur l'enveloppe ne permet pas de connaître le lieu d'expédition, il mentionne seulement qu'il s'agit d'une « lettre prioritaire », c'est-à-dire d'un courrier normal avec timbre rouge. C'est désormais l'usage m'a précisé le facteur que j'ai rattrapé après son passage chez des voisins. Pour faire apposer un sceau local identifiable, il faut en faire la demande expresse en se rendant dans une agence postale. Ce que mon interlocutrice – car à la vérité c'est une femme, qui signe non sans humour « celle que tu sais » – s'est évidemment gardée de faire. Celle que je ne sais pas.

La lettre est composée avec des mots découpés dans un journal puis collés sur une feuille blanche, ce qui lui donne une allure de libelle douteux aggravant la privauté du texte. La police des caractères et la nature du papier ne laissent aucun doute sur le matériau utilisé dans ce travail de corbeau : un exemplaire du *Monde*. Est-ce que cet indice est de quelque valeur ? Faut-il en conclure que la rédactrice est raisonnablement cultivée, qu'elle veut le faire remarquer ? voire même qu'elle tient à donner d'emblée à son entreprise une sorte de saveur universelle ? Elle n'a pas découpé son billet dans *Le petit bleu de Romorantin* ou dans *Le courrier du Morbihan*. Elle a choisi « le monde ».

Sans doute un détective professionnel pourrait-il chercher à tirer quelques informations supplémentaires d'un examen de la feuille sous microscope, d'une analyse de la colle, etc. Mais pour remonter ensuite d'une empreinte digitale, voire de quelques traces d'ADN, jusqu'à une donzelle inconnue, il faudrait disposer de toute la puissance d'une administration policière. Le courrier électronique serait aussi difficile à exploiter : on lit certes tous les jours dans la presse que « des gangsters du Net » ont été identifiés par « leur adresse IP », mais aussi bien que des *hackers* inconnus ont pénétré sur les sites les mieux gardés de la planète. Pour m'assurer les services d'un de ces génies – capable de renvoyer un *ace* – il faudrait que je commence par l'introduire dans mon intimité, pour ne pas dire dans mon cerveau, ce que je me refuse à envisager. De surcroît, l'apostrophe reste tendre sous ses audaces, drôle et charmante en même temps qu'énigmatique. Elle ne tombe pas des pages d'un canard à scandale ou d'un roman de gare. On n'imagine pas qu'elle puisse susciter l'intérêt d'enquêteurs de métier. Humphrey Bogart passerait sa cigarette d'un coin de la bouche à l'autre et recommanderait de laisser tomber cette minuscule affaire.

Le texte est très « chaud », à l'exemple de celui de mon propre livre qu'il reprend par nécessité ou qu'il démarque par ironie. « *Narrateur chéri* », commence drôlement la narquoise avant de faire immédiatement monter la température, « *les premiers mots de ton récit se sont glissés entre mes cils, ont pénétré mes yeux, mon cerveau, ont coulé le long de ma colonne comme un liquide brûlant qui m'a rappelé l'effet de nos ébats sur mon corps d'amoureuse. De la littérature et des souvenirs spermatiques ! Je t'ai de nouveau aimé sur le champ. J'ai revu ton sexe dressé, ton gland distendu glissant de mes lèvres sur mes seins, mon nombril, mon pelage. J'ai senti mes papillons roses, comme tu aimais à les nommer, l'accueillir en décapsulant délicatement la coiffe du prépuce. J'ai ri en me souvenant de ta réponse lorsque j'avais noté que tu n'étais pas circoncis : "à chacun son héritage" m'avais-tu dit avant de longuement décrire la jouissance que te valait à chaque pénétration l'ouverture du prépuce, "ce dépucelage rejoué". »*

En rédigeant la présente chronique dans l'espoir de filer la vérité et d'éventer une possible arnaque, j'ai du mal à reproduire ces belles obscénités qui ressemblent aux miennes mais qui me viennent cette fois d'une autre plume. Au demeurant, rien ne garantit encore absolument l'authenticité de l'entreprise. Tous ces détails sont déjà dans mon livre. Il faudra faire mieux, chère demoiselle, pour que vous deveniez sans erreur possible l'associée que vous voulez être.

Est-ce bien une femme qui m'écrit ? On pourrait imaginer un homme qui s'amuse à se présenter sous des traits féminins, ou qui s'émeut lui-même en se pensant ainsi changé ; ou un amoureux transsexuel qui rêve d'une aventure avec le narrateur ; ou un pervers compliqué qui ne lui offre cette partenaire que pour tenter de la lui ravir par la suite… Le pire serait un malheureux ou une malheureuse esseulé(e), mon livre ouvert posé sur le visage comme un masque, se caressant pour tenter de se donner une nuit qu'il ou elle n'a jamais connue. La sexualité humaine est un éventail de versions, un monde cosmopolite. Il existe au moins trois façons de dire « je t'aime » dans les langues des hommes. Certaines, comme la nôtre, donnent la priorité au sujet. D'autres l'offrent à l'objet : « tu éveilles l'amour en moi. » D'autres encore disposent de pronoms duels qui permettent de dire quelque chose comme : « aimer-je-tu ».

J'ai découvert il y a peu un incroyable texte que nos maîtres s'attachent encore aujourd'hui à émasculer en oubliant ses affirmations les moins recevables par la *doxa* bourgeoise, qu'elle soit chrétienne ou laïque : un texte signé, non pas du divin marquis comme on pourrait s'y attendre, mais du pape de l'*Encyclopédie*, Denis Diderot. On connaissait son roman *Les bijoux indiscrets* qui, pour conter des aventures féminines, donne directement la parole aux vagins concernés, mais c'était là un texte ostensiblement coquin. Tandis que, dans la *Suite de l'Entretien* qui, pour se tenir entre Mlle de Lespinasse et le docteur Bordeu, n'en est pas moins un *Rêve de d'Alembert*, c'est en philosophe qu'il fait l'éloge d'une sexualité épanouie en allant jusqu'à vanter l'agrément de la masturbation. Et au-delà il ne faut pas solliciter beaucoup le texte qui s'interroge sur « le mélange des espèces » pour y lire une invitation à la zoophilie. Bien sûr, le penseur libertin se méfie des ennuis que pourrait lui valoir une rédaction trop claire. Mais le propos est suffisamment net, et il est stupéfiant de constater que des préfaces rédigées par des universitaires contemporains s'abstiennent toujours de faire allusion à ces thèses. Il faut errer sur Internet pour en trouver quelque écho. Je crois me souvenir que dans une nouvelle de Sartre un type viole des canards en leur coinçant le cou dans des tiroirs. On lit quelquefois dans les rubriques de faits divers, ou dans les études savantes spécialisées, que des hommes peuvent aimer une chèvre ou des femmes leur chien. Il existe en Allemagne une association de défense des droits des zoophiles. Sans doute trouverait-on toutes sortes de telles expériences en remontant dans l'histoire de l'humanité, jusqu'à Lucy ou Toumaï. Les diverses mythologies en content de nombreux cas : l'accouplement de Léda et d'un cygne, même si ce dernier n'était autre que Zeus métamorphosé ! de Pasiphaé et d'un taureau, même si la jeune femme s'était cachée dans une vache de bois montée sur roulettes ! de Brahmâ et d'un ours, etc. Ce sont des formes *hardcore* de l'universalisme.

Sans aller jusqu'à ces déviances dénoncées par les religions établies comme par les morales publiques, on peut encore rencontrer aujourd'hui sur la planète des conceptions variées de l'identité sexuelle. Un voyage m'a un jour mené auprès de populations *inuit* canadiennes dont un ethnologue m'a fait découvrir l'extraordinaire différence culturelle, menacée par les armes à feu et les boissons sucrées. Chez ces fabuleux chasseurs de phoques, de morses, de baleines, autrefois capables d'atteindre un oiseau en vol d'un jet de javelot, un bébé est toujours la réincarnation d'un ancêtre décédé. À l'époque de mon séjour, l'échographie était encore inconnue dans le grand Nord ; je ne sais pas si son introduction a changé la coutume. Lorsqu'une femme est enceinte, le chaman du groupe révèle l'identité de celle ou de celui qui s'apprête à revenir dans le monde des vivants. Il peut alors se faire que, tandis que le retour d'un aïeul mâle est annoncé, c'est une petite fille qui apparaît. Aucune importance : de sa naissance à sa mort, la gamine sera appelée « grand-père » par toute la famille et respectée comme telle.

J'ai moi-même assisté à deux épisodes extra-ordinaires illustrant cette coexistence des deux sexes chez un même individu. Le gouvernement canadien a implanté une école dans ce bout du monde. Une institutrice blanche convoque la mère d'une fillette dont le comportement lui paraît déplacé : elle urine debout dans les toilettes des garçons.

« Normal ! répond la mère, c'est un garçon ! elle est son oncle ! »

Un autre jour, on me présente une magnifique jeune femme qu'un missionnaire anglican vient de baptiser en la dotant d'un nouveau prénom chrétien. La belle de la banquise vit avec deux hommes à la fois, auxquels elle a déjà donné des enfants. Mais elle est aussi la réincarnation de son père qui a péri dans un accident. Elle n'assume aucune tache féminine tandis qu'elle adore chasser.

« Donc, Mathilda », lui demande l'ethnologue au cours d'une interview filmée, « vous êtes une femme ?

– Oui.

– Et vous êtes un homme ?

– Oui. »

De mon côté, je n'ai éprouvé qu'en une seule occasion une émotion qu'il me faut bien qualifier d'homosexuelle puisque « l'autre » était un garçon. Mais la scène se passait très loin de notre monde. J'étais plus près de la Grèce antique que du XXe siècle français. Une mission professionnelle m'avait envoyé jusqu'au cœur de la forêt amazonienne, sur le territoire des indiens Yanomami. Après un atterrissage risqué sur une piste herbeuse attenante à quelques baraques de tôle tenues par un père salésien, j'avais rejoint avec quelques collègues un autre ethnologue dans le *chabono* d'une tribu : une maison village, un vaste abri circulaire entourant un espace central à ciel ouvert. Entièrement nus, la vulve glabre pour les femmes, la verge accrochée par le prépuce à une ceinture de liane pour les hommes, les autochtones se montrèrent immédiatement curieux du genre des visiteurs, fouillant dans nos chemises pour voir si nous avions des seins. Puis vint le soir, ensorcelé par la litanie d'un chaman ivre d'une drogue soufflée dans ses narines. Chacun se vit attribuer un hamac baigné dans la fumée de quelques tisons supposée décourager les moustiques. J'allais m'endormir lorsqu'un jeune homme aussi nu que l'*Éros* de Praxitèle vint se couler à mes côtés. Il ne se passa rien d'autre que ce contact de deux peaux, mais cette forme de « connaissance » nous bouleversa suffisamment l'un et l'autre pour nous arracher des larmes quelques jours plus tard lorsqu'il fallut nous séparer. À la vérité, je n'avais pas frôlé un garçon d'aujourd'hui, mais un adonis ou un ange venu d'un autre espace-temps.

Rien de tout cela dans le message qui me retient présentement. J'ai laissé mes émotions masculines au

Venezuela, d'où elles ne sont jamais revenues me hanter. Les Yanomamis ne parlent pas le français, ils l'écrivent encore moins. Mon opinion est faite, la lettre sent la femme. Et cette odeur m'ébranle.

Est-ce que cette coquine me connaît ? est-ce que je la connais ? Les deux éventualités ne coïncident pas tout à fait. Je ne sais pas très bien comment gérer ce puzzle que constituent son anonymat, mon retrait de la scène publique et à l'inverse la célébrité de mes personnages. L'amante de mon récit est largement exposée, tandis que ma correspondante reste cachée. Nous ne sommes que deux à savoir qu'elle existe. De surcroît, bien des lectrices pourraient avoir envie de tisser avec moi, plutôt qu'une relation libertine, une intrigue relevant davantage de la curiosité, du contrôle administratif ou de la littérature à suspense : une voisine machiavélique, une inspectrice des impôts, une enquêtrice de police considérant par principe toute obscurité comme une insulte à sa profession.

Est-ce que nous avons vraiment fait l'amour ? est-ce qu'elle me conjure de m'en souvenir ? ou bien est-ce qu'elle se plaît à imaginer une scène qui n'a pas eu lieu ? Dans ce dernier cas, faut-il en incriminer des événements défavorables, un malheureux hasard ? Ou bien me suis-je dérobé ? Ou bien s'est-elle refusée à moi ? Il ne m'est pas nécessaire de torturer outre mesure ma mémoire pour en faire surgir des anecdotes de ma vie illustrant chacun de ces cas.

Bien des gens sont hantés par le souvenir d'un événement qui s'est gravé en eux comme un diamant inaltérable. Il peut s'agir d'un moment de bonheur ou tout au contraire d'un traumatisme insurmontable. Ils en connaissent tous les détails, ils le revivent chaque nuit. Si leur cerveau finit par se délabrer sous les atteintes de l'âge, la dernière obsession qui leur reste est souvent celle-là, dans laquelle on peut lire selon les cas un symptôme de leur malheur ou le dernier lien qui les rattache aux forces de la vie. On utilise aujourd'hui la savante référence « Alzheimer », tandis qu'on diagnostiquait autrefois plus aimablement que les sujets atteints « tombaient » ou « retombaient en enfance ». Sans doute existe-t-il des expressions plus poétiques encore dans les divers idiomes qui se partagent les cerveaux des humains. Les occidentaux de langue celtique disent que les anciens concernés « vont sur leur deuxième enfance ». Il ne s'agit plus alors d'une régression vers le passé ; c'est tout au contraire la promesse d'un accomplissement dans l'avenir, l'écho d'une autre conception des mêmes populations qui fait de la mort non pas le gouffre du néant mais le règne d'une « éternelle jeunesse », coulée aux côtés du roi Arthur dans l'île d'Avalon. Ce n'est pas là qu'une touchante divagation : car effectivement les morts ne vieillissent plus sur les photographies que nous en gardons, tandis que nos peaux de vivants ne cessent de se flétrir.

Mais la psychanalyse nous a également appris que nous pouvons « refouler » dans des limbes mal définies ces événements d'autant plus fondateurs qu'ils sont plus inconscients. La vie devient alors une lutte jamais achevée pour faire émerger à neuf ces catastrophes tant aimées que haïes.

Qui se persuade que notre seule existence en ce monde est celle de notre corps lira dans ces énigmes le reflet de notre organisation cérébrale, de ses capacités et de ses manques, de ses mystères si l'on veut. Quel est le support physique de la mémoire ? quelques neurones bien définis ou une organisation plus diffuse de leur formidable multitude ? peut-être même la structure complète du corps, puisqu'une révélation peut renaître d'un contact, d'une odeur, d'un sentiment global et indistinct ? Où s'enregistre la mesure du geste juste d'un sportif, modelé par un entraînement, ou celle du « tour de main » d'un professionnel ? Il n'est pas nécessaire de s'allonger sur un divan ni de goûter à une madeleine pour faire l'expérience bouleversante du retour d'un souvenir oublié, qui serait resté inaperçu à jamais si une rencontre de hasard ou une simple fluctuation dépourvue de toute nécessité ne l'avait débusqué dans sa retraite. Soudain, un nom, une image, s'imposent de nouveau, dont on ne se savait plus le gardien ; des camées « qui étaient là pourtant », dans quelque trésor secret, sans adresse ni existence connue.

J'ai systématiquement éludé toutes les questions de journalistes cherchant à tirer au clair un éventuel rapport entre l'auteur et l'acteur narrateur. Tandis que s'étendait l'onde du succès du livre, j'ai vite monté les degrés dans l'art de l'esquive. Neuvième dan, celui de l'unification des maîtrises intérieure et extérieure. Ni aveu ni refus. Je contourne. Si je me trouvais un jour coincé dans quelque piège public et sommé de répondre, j'expliquerais en souriant que je ne sais pas moi-même si j'ai été ou non cet amant, et je suggèrerais sans le dire de considérer cette discrétion comme subtile. Ainsi tout contradicteur devrait affronter la difficulté d'être perçu comme stupide. Qui peut se déclarer maître de ses neurones, au point de pouvoir garantir qu'il n'a rien oublié de chacune de ses minutes, de ses heures, de ses nuits ? de ces moments où l'orgasme nous sort de notre corps et relègue notre conscience dans des limbes sans adresse ?

Borges a brossé dans une nouvelle célèbre le portrait d'un malheureux *memorioso* frappé de mémoire abusive. *Funes* se souvient de tout, dans les moindres détails. Mais cette capacité fabuleuse se mue en handicap. Il ne peut plus penser ce que pourrait être « un chien » parce qu'il se souvient de tous les chiens qu'il a vus, plus exactement de chacun d'entre eux avec chacun de ses regards, de ses jappements, de ses poils, dans toutes les positions et sous tous les angles possibles.

Je suis près de Buster Keaton endormi dans l'église où il attend une fiancée. Une foule de postulantes s'accumule derrière nous. Elles ne nous voient pas car nous sommes couchés sur un banc, dont le dossier nous dissimule. Quand il se redressera et se retournera, il verra une armée d'étrangères, tandis que je devrai faire face à un cortège de visages connus, précis ou à demi effacés, souriants ou éteints, peut-être même hostiles. J'ai connu un essaim d'amies qu'on peut dire aussi bien modeste que conséquent, mais pour autant je ne me suis jamais pensé comme un « homme à femmes » multipliant les conquêtes. J'ai simplement suivi mon désir et sauvé ma peau en essayant tout à la fois d'honorer les richesses de la vie et de respecter mes frères humains ; en l'occurrence, mes sœurs. Je ne suis pas Don Giovanni, même si l'athéisme du bonhomme me touche. Chacun de nous est seul, et ce dénuement est davantage une incitation aux rencontres qu'un motif de désespoir. La folie du nombre, c'est pour les scénarios de cinéma ou les livrets d'opéra : « *In Italia seicento e quaranta ; in Alemagna duecento e trentuna ; cento in Francia ; in Turchia novantuna ; ma in Ispagna son già mille e tre...* »

Le réel est le domaine du juste milieu. Il se trouve que mon caractère, ma profession et les hasards de la vie ont placé sur mon chemin plusieurs types d'amantes, séduites ou séductrices : des amoureuses ouvertes à toutes les aventures et libres de tout calcul ; des femmes trompées cherchant à se venger de conjoints infidèles ou simplement à connaître de nouveaux bonheurs ; des femmes trompeuses jouissant du plaisir d'ajouter à la sécurité d'un foyer stable les épices du mensonge ; des innocentes instables, submergées par la nécessité de casser périodiquement sans autre raison une situation trop installée, trop heureuse, sans changement prévisible, sans issue.

Qui donc pourrait s'être reconnue ? J'ai beau relire l'apostrophe fatidique et laisser mes rêves vagabonder, aucune évidence ne consent à me délivrer. Je pressens que ma quête sera longue, si toutefois j'entends la poursuivre : et je l'entends bien, c'est la seule certitude qui s'impose à mon cerveau démembré. L'écriture de mon apologue et le succès qu'il a rencontré m'ont en quelque sorte emmuré. Je cherche la sortie. La lettre me prend au piège de la fiction, de l'autofiction, de la confession, de la dénégation, de l'écriture, de la création : je peine à nommer ma difficulté, je sais seulement qu'elle résume dans sa flamboyance tout ce dont je pensais m'être délivré par un petit écrit romanesque. Désormais, la confusion est de mon côté : c'est l'amante de mon livre que je vois, nue, en train de m'écrire ce billet que j'ai sous les yeux.

Le seul destin qui me reste, c'est d'enquêter dans le monde réel pour donner vie à ce fantôme ou pour le vaporiser. Je m'égare. Devrais-je dire plus lourdement : « pour donner vie à ce fantôme que mon narrateur fantôme a tant aimé » ? Je n'aime pas les répétitions, qu'il s'agisse d'amour ou de vocabulaire.

Je m'égare toujours davantage, et je me répète d'autant plus. Cette minauderie masque un trouble autrement substantiel, que j'hésite à considérer comme un malaise ou comme une excitation. Les partenaires de mes amours vraies n'auront plus la légèreté angélique que vaut leur universalité aux personnages de mon livre.

Le réel pèse plus lourd que les fantaisies virtuelles. Les femmes de ma vie, si je peux me les représenter en tenue d'Ève, sont néanmoins « habillées » de cultures, d'héritages, de généalogies ; de particularités géographiques, historiques, ethniques, nationales, familiales. Une fois retrouvées, jouiront-elles encore aussi librement sur des couches concrètes, des lits, des plages, des pelouses, des banquettes de voiture, que sur les pages de mon texte ? sous le regard de leurs parents, de leurs éducateurs ? de leurs prêtres, rabbins, imams et autres popes ? de leurs camarades de cellule ou de loge ? à l'ombre de leurs modèles, de leurs héros préférés ?

Tout lieu, toute incarnation, subissent le passage du temps. On peut être un humain générique sur le papier d'un livre ou sur les lèvres d'un conteur ; mais on n'est homme ou femme – respirant, mangeant, baisant – qu'en étant de quelqu'un et de quelque part. Voyons cela.

3. Enfantillages

La vérité peut-elle se cacher dans des restes de souvenirs dérisoires, menacés de mièvrerie ? sans doute, le réel est un hologramme. En les pêchant dans le marais de ma mémoire, j'ai l'impression d'extraire avec des pincettes des lambeaux de photographies d'un bain de révélateur éventé. Mes premières émotions sont si lointaines que je crains que ne se dissolve, dans ces images effilochées, jusqu'à la notion d'amour. Rien avant mes dix ans. En revanche, après une petite enfance dans des écoles de garçons, mon accession en classe de sixième à un établissement mixte me vaut sur le champ des rêves directement érotiques. Les élèves des deux sexes sont séparés par une allée centrale, et les filles doivent porter une blouse jusqu'à mi-mollet qui ne met pas leurs formes en valeur. Leurs yeux et leurs sourires suffisent à m'enflammer. Le soir, je les imagine nues dans mes bras.

Les années passent, de longues années. J'ai treize ans. Des stratégies improbables finissent par me valoir quelques premiers contacts qui me font l'effet de miracles bouleversants : la fracture de l'œuf par un oisillon, une sortie du coma, la résurrection d'un jeune Lazare. J'étais né mort, la vie se déploie. Je me souviens du baiser d'une camarade rousse emmanchée d'une grosse tresse : sous l'eau ! aux pieds de notre professeur de latin, pendant une excursion de fin d'année sur une plage de notre province. Je me souviens de la langue chaude d'une jeune villageoise, glissée dans ma bouche comme une miche dans le four de son père boulanger, à l'issue d'une soirée de danses innocentes ; devant la porte de ma grand-mère, mais par une nuit sans lune ! Je me souviens de séances de cinéma dont je ne saurais en revanche mentionner les films pour n'en avoir rien vu, aveuglé que j'étais par des torrents de « patins » ; lycéens et lycéennes se retrouvaient mêlés dans ce ciné-club dont la réputation écartait les soupçons de nos parents. Je me souviens d'une promenade à quatre, qui nous avait conduits, un camarade et moi, flanqués de deux donzelles amies, sur un petit chemin longeant la ligne du chemin de fer vers Paris. Hélas, les trains atteignant notre bout du monde étaient encore tirés à l'époque par des locomotives à vapeur dont les escarbilles avaient noirci ce coin de campagne. Lorsque nous nous relevâmes après de folles étreintes dans l'herbe, nous ressemblions aux gentils petits nègres des publicités de l'époque : « Y a bon les bisous !... »

Comment imaginer que ces anciennes fillettes aient pu superposer à ces clichés émiettés des scènes d'ébats charnels ? comment croire qu'elles nous aient vus ensemble adultes et dénudés ? Elles ne savent plus que j'existe. Je ne peuple pas leurs rêves. À coup sûr, elles n'ont pas écrit à l'auteur scandaleux que je suis devenu.

Me revient encore cependant, presque contre mon gré, une liaison plus longue, étirée au fil de mes années d'adolescence. Si son évocation me pèse un peu, c'est parce qu'elle débouche, après des moments charmants, sur un premier désastre ; et parce que je ne suis pas certain d'avoir joué, dans ce mélodrame mineur, un rôle valorisant. Je n'avais pas quatorze ans lorsque mes parents m'inscrivirent dans une colonie de vacances dont le programme consistait à parcourir le Massif Central. En plus de nos valises les entrailles de notre car contenaient des lits de camp que nous dépliions certains soirs pour nous installer dans des écoles ou des salles de sport de village. D'autres nuits, nous dormions dans des greniers à foin au-dessus de troupeaux de bovins dont l'odeur et la chaleur nous embaumaient, tandis que les mugissements nous faisaient tressaillir. C'était vaguement érotique. Est-ce qu'un taureau montait une vache, là-dessous ? Les moniteurs avaient toutes les peines du monde à empêcher quelques garnements d'allumer des cigarettes qui eussent pu déclencher de terribles incendies. Notre troupe était exclusivement masculine, les histoires graveleuses couraient sur nos jeunes lèvres où elles tenaient le rôle de sésames sur le chemin de l'âge adulte. Je crois bien que certains auraient aimé attiser le feu qui les dévorait en se livrant à des jeux plus physiques, mais les principes qui nous tenaient en laisse étaient suffisamment prégnants pour censurer tout passage à l'acte. Mon souvenir fondateur est d'un autre ordre. Il y avait une deuxième colonie de filles, dont il était prévu que l'itinéraire croiserait le nôtre en deux ou trois points pendant le séjour, avec repas et veillées en commun. Je ne sais plus comment mes regards croisèrent ceux d'une Hermeline de treize ans ; je suppose que nous bavardâmes, que nous échangeâmes au moins des sourires ; je ne crois pas que nos peaux, quand ce n'eût été que nos mains, se touchèrent. Mais à la fin du séjour, sur le chemin du retour, je cachais dans mon cœur l'icône d'une petite sœur dangereusement semblable, aux cheveux blonds et aux yeux bleus comme les miens. À l'époque, tout au moins dans ma famille, les amours enfantines relevaient du secret. Dans mon souvenir, malgré notre différence d'âge avec les petits héros du film et bien que celui-ci soit en noir et blanc, cet épisode baigne dans une lumière dorée qui le rapproche des premières images enchantées et enchanteresses du film *Peter Ibbetson*. Le destin qui m'attendait ne devait être ni aussi beau ni aussi terrible que celui de Gary Cooper.

Un an passe et l'été suivant la même féerie se déploie, devenue incendie par de longs mois de maturation. Cette fois nous parcourons le Jura, sous des averses continuelles qui m'importent peu puisque Hermeline est proche. Je la croise de nouveau à deux reprises, et mon désir de jeune coq s'exacerbe en découvrant les discrets mamelons qui bossellent son pull-over. Toujours aucun contact, peut-être une bise d'adieu. L'important est que chacun repart, après ces deuxièmes vacances, avec l'adresse de l'autre. Nos domiciles sont distants de quelques soixante kilomètres, des années-lumière à l'époque, mais nous allons nous écrire. Je rédige donc des lettres, et j'en reçois qui sont supposées venir « d'amis de colo ». Que mes parents soient dupes ou non, ils respectent ce jeu qui dure quelques trois ans. Nos échanges sont tendres, truffés d'allusions plus grisantes, mais ils restent décents, retenus, compassés. Nous sommes vierges l'un et l'autre, ou tout au moins je le suis. Nous nous racontons nos vies de lycéens. Je lui parle de mes passions naissantes pour le cinéma et le jazz. Je viens de louer un premier saxophone, je m'acharne à reproduire d'oreille *Stormy weather*, *Muskrat ramble,* ou *Petite Fleur* à la manière de Sidney Bechet. Je ne sais plus de quelles confidences elle me gratifie en retour.

Enfin, lorsque nous atteignons un âge qui nous permet quelques déplacements, nous décidons de nous revoir. Elle vient passer la journée dans la ville qui est la mienne depuis toujours. Et tout au long d'une interminable après-midi nous marchons main dans la main, nous nous étreignons maladroitement, nous nous embrassons appuyés sur des murs bas qui laissent voir la mer. C'est doux, c'est un peu triste, c'est indéfinissable, parce que nous sommes à la fois proches et presque étrangers l'un à l'autre. Nous sommes suspendus dans un présent sans issue, incapables d'imaginer une suite à ces effusions. Nous n'avons guère d'argent, ce qui ne change rien au programme de ces heures car l'idée de prendre une chambre dans un hôtel ne nous effleure même pas ; nos éducations respectives et notre culture commune ne nous autorisent pas ce genre d'audace. Dommage peut-être ! mais cette exclamation est largement postérieure.

De nouveaux mois s'enfuient, et mon destin bascule. Je me prépare à quitter notre province, je vais poursuivre mes études à Paris. Je ne reconnais plus ma vie passée, je ne veux même plus m'en souvenir, je m'embarque vers d'autres continents : sans doute sont-ce là des mots voisins de ceux que j'écris à Hermeline dans une lettre de rupture aussi tendre que ferme. Renonçons à ces jeux sans espoir. Nous avons déjà souffert de vivre dans des localités proches mais néanmoins distinctes, constatons la difficulté insurmontable de la nouvelle situation. Je suppose que je termine par quelque adage éculé sur l'impossibilité de savoir de quoi l'avenir sera fait : on peut être pompeux quand on a dix-sept ans…

Le roman n'est pas clos. Il reste à conter une scène qui, dans ma mémoire, a cette fois les couleurs des *Parapluies de Cherbourg*. Je reviens passer en famille mon premier Noël d'étudiant parisien, et j'accompagne un couple d'amis dans un charmant dancing au sous-sol d'un grand hôtel, dont l'orchestre alterne des slows langoureux et des tangos plus rythmés. C'est une distraction que mes parents m'autorisent volontiers car ils se sont eux-mêmes connus dans les mêmes circonstances, avant leur majorité : mon plaisir leur rappelle le leur. Le lieu est fréquenté par des jeunes filles aisées de la ville, dont plusieurs sont jolies, bien mises, parfumées. L'une me trouble suffisamment ce soir-là pour que je revienne régulièrement jusqu'à sa table la prier de m'accorder chaque nouvelle danse. Nos joues ne tardent pas à se trouver, et déjà notre conversation se fait plus intime. Lorsque soudain je vois entrer Hermeline, accompagnée de ses parents. Il faut imaginer ce que représente à mes yeux d'adolescent cette courageuse intrusion qui paraît plutôt relever d'une volonté d'adulte. J'ai sûrement mentionné dans une de mes lettres mon amour de la danse et sans doute cité ce dancing qui a ma préférence. La peine de la gamine a dû se voir à la suite de notre séparation, et ses parents ont fait l'effort de la conduire, en cette nuit de la Saint-Sylvestre, à soixante kilomètres de leur domicile, pour lui donner une chance de renouer avec moi. Je ne sais plus comment me comporter avec ma partenaire de la soirée. Hermeline, de son côté, accepte l'invitation d'un marin dont le pompon affiche un signe rouge, presque pornographique, au-dessus de la petite mer de têtes. Nos deux couples se croisent, nos yeux se trouvent. Je décide d'aller la saluer et lui proposer une danse, mais la gêne que me vaut l'obligation de saluer ses parents me retient encore pendant quelques minutes. Le mal est fait. Elle s'est persuadée que je ne viendrais pas. Le trio se lève et quitte les lieux. Je ne la reverrai jamais.

Je ne sais pas quel a été son destin, quelle est aujourd'hui sa silhouette : de femme élégante ou de génitrice épuisée par les grossesses. Ce n'est plus qu'un fantôme, à peine reconnaissable derrière la vitre des années. En cherchant à retrouver notre histoire, j'ai même hésité sur son nom. Peut-être est-elle morte dans un accident de la route comme Romy Schneider dans *Les choses de la vie* ? Non, c'est l'inverse, c'est Piccoli qui meurt en se représentant son aimée. Des pans d'autres histoires claquent désormais dans la forêt de mes neurones, comme des drapeaux bouddhiques au sommet d'un col, masquant par intermittence les paysages que je cherche. Hermeline n'a pu vouloir renouer une liaison aussi ancienne et aussi virtuelle par la lettre directe que je viens de recevoir. Dans *Peter Ibbetson* c'est le hasard qui remet les amants en présence, et c'est dans leurs rêves qu'ils se retrouvent ensuite à jamais.

Pourtant, en ravivant mon émotion, ce récit ressuscite aussi la mélancolie des fins. Lorsqu'une vie a comporté plusieurs liaisons successives, il est difficile de les évoquer comme autant de moments heureux en oubliant les affres des ruptures intermédiaires. Car, si chacune d'elles a commencé par une heureuse rencontre et une renaissance, elle s'est nécessairement mal terminée puisqu'elle s'est terminée. Quelquefois le souvenir de cette horreur ultime est suffisamment fort pour couvrir de son ombre celui du bonheur antérieur. « *Il n'y a pas d'amour heureux* », c'est peut-être à quoi pensait Aragon en reprenant cet adage auquel, assurément, je ne souscris pas. « *Le temps d'apprendre à vivre, il est déjà trop tard, [...] Il n'y a pas d'amour dont on ne soit meurtri... »* En voilà de pompeuses ratiocinations ! Il suffit aussi bien de se savoir mortel pour goûter pleinement, follement, le plaisir passager d'être vivant et de découvrir l'Autre. Une fin douloureuse donne à mesurer en retour le délice de l'extase précédente. Le dernier mot revient peut-être au Diable, qui veille en ce jardin. Si on est soi-même changeant par désir d'ouverture, on ne peut qu'accepter la menace des mêmes envies chez l'aimée. On doit même s'attendre à les susciter par l'exemple.

Je devine le piège qui m'attend sur le chemin du présent récit. Je n'ai en tête qu'une suite de plaisirs, de fusions amoureuses ; mais, comme je les conte plus tard, une fois ces épisodes fermés, je me trouve menacé de n'égrainer à l'inverse qu'un chapelet de déchirures et d'échecs, voire d'impasses ridicules. Veillons autant que faire se peut à ne pas mélanger le temps de l'action et celui de l'écriture. Ce n'est pas un mince paradoxe que de constater que les chagrins d'amour, les mensonges, les tromperies, sont tout à la fois les pires épreuves que puisse connaître chacun dans sa vie réelle et des motifs d'amusement collectif lorsqu'ils sont représentés sur scène. Mieux vaut se moquer d'un cocu de Feydeau que découvrir qu'on en est un. Mieux vaut rire et dauber que tuer ou se suicider.

Et ce n'est pas une mince curiosité culturelle que d'apercevoir que les plus grands récits qui font leur part aux épreuves de l'adultère, qui opposent l'attraction du désir à la fidélité maritale ou religieuse, gisent dans le monde celtique des vaincus de l'Histoire, comme si précisément les vainqueurs ne savaient que refouler cette force qui les dépasse. La bretonne Guenièvre trompe

Arthur avec Lancelot. L'irlandaise Iseut préfère Tristan à Marc son époux. On peut même ajouter, dans cette secte des amoureux de l'amour, Héloïse et Abélard qui continuent de s'aimer depuis leurs deux prisons monastiques, en dépit de la mutilation du second. Quelle autre solution, en effet, pour combattre la divine merveille du plaisir, que de s'en prendre au corps ?

Pour l'instant, j'ai dix-huit ans. Je suis encore l'innocent Perceval, celui qui ne sait pas poser les bonnes questions. Les Nornes tiennent ma main de jeune homme. Bientôt viendront les premiers ébats ; la découverte du corps féminin, et simultanément du mien. Quelle stupéfiante bizarrerie que ces seins fragiles et doux que les filles poussent devant elles, sur la face la plus exposée de leur silhouette ! Quelle troublante excitation de chercheur de trésor que celle que vaut leur découverte sous la forêt des boutons, des dentelles et des élastiques ! Quelle douceur bouleversante que la récompense de celui qui, bravant un sentiment d'interdit, ose s'offrir un plaisir de bébé en prenant leurs tétons dans la bouche !

À quelques centimètres de mes yeux, quelle étonnante complication que ce redoublement des lèvres, petites et grandes, encadrant l'aspérité du clitoris et le puits du vagin ! Mon souffle fait frémir la toison qui protège le « mont de Vénus ». C'est en amoureux que je suis devenu darwinien, ébloui par l'inventivité du hasard. Quels improbables chefs-d'œuvre que nos corps, dans chacun de leurs organes, externes ou cachés, et dans leur fonctionnement intégré. Quelle inégalable merveille que leur épanouissement dans le monde réel ! Des jambes, des bras, des visages, des yeux, des doigts, des verges et des foufounettes, qui aurait parié sur un pareil puzzle ? Un extérieur symétrique, pour fendre la bise, habillant un intérieur désaxé, foie à droite et cœur à gauche, pour satisfaire aux irréversibilités du deuxième principe de la thermodynamique... Et l'obligation d'être deux, de se rencontrer, de coopérer, de s'aimer, pour perpétuer l'espèce. Il est beaucoup plus beau et plus juste de voir Dieu dans le résultat d'une imprévisible évolution que de l'imaginer au départ.

Parlerai-je de Gisèle, ma première jeune épouse ? Un mot, d'abord, sur sa qualification avant d'en venir à sa personne proprement dite. Je n'ai rien dit ci-dessus des rêves de mes parents, de mes oncles et tantes, de mes institutrices, visant à me dessiner une vie à leur goût en me « réservant » une future conjointe. Deux malheureuses firent les frais de ces manœuvres : la fille de ma « maîtresse » de cours élémentaire ; et une cousine adolescente. Mon désir d'émancipation était si puissant que c'était les condamner d'avance à subir mon désintérêt : n'importe qui sauf ces deux-là ! Les éviter ne me suffit bientôt plus. J'en vins à ne plus pouvoir poser les yeux sur elles, même de loin, sans éprouver une forme de nausée. Je sais pourtant aujourd'hui que ce comportement ne caractérisait pas seulement une tournure d'esprit mais qu'il marquait aussi un changement d'époque : le passage de l'ère de la dépendance tribale à celle de l'existentialisme sartrien ! de celle des marieurs entremetteurs à celle des fous de liberté.

J'ai été moi-même témoin de cette mutation mais aussi de la relativité du jugement qu'il convient de porter sur elle. Jusqu'au début du siècle dernier, tout au moins dans les campagnes, les couples se formaient en général sur décision de la famille et il était fréquent que les époux fussent déjà parents avant de s'unir. Pourtant, il serait faux d'associer automatiquement une image de malheur, de sujétion, à ces unions. J'ai, un été, accompagné dans plusieurs fermes et villages de Bretagne un ami qui préparait un film sur ces anciennes traditions nuptiales. Je me souviens par exemple de deux très vieux époux qui se tenaient encore la main et échangeaient des regards amoureux, à quatre-vingt-dix ans passés, assis sur un banc jouxtant leur « lit clos ». Le bonhomme avait fait la guerre de 1914 en Crimée, son bateau avait été bombardé et coulé au retour, il avait passé un jour entier accroché à une planche au milieu de la Méditerranée avant d'être secouru ! Comment s'étaient-ils connus ? « Oh, s'exclama l'aimée, c'était mon cousin ! » Et comment le projet de leur mariage avait-il pris forme ? « Je ne connaissais personne d'autre, et ma mère m'avait dit que ce serait bien de prendre celui-là ! » Avaient suivi une ribambelle d'enfants et un siècle de bonheur...

Le scénario devait se répéter dans plusieurs autres familles au cours de notre enquête : troublant aperçu sur les modalités de notre liberté ! d'autant qu'on se mariait pour la vie sans perspective d'éventuelle séparation. Dans une proportion raisonnable, les époux devenaient et restaient effectivement amants et complices. Il n'y avait pas davantage d'échecs que dans notre société moderne du libre choix : plutôt moins ! Le nombre de mariages entre cousins était impressionnant, car les jeunes gens n'avaient guère d'autres occasions que les réunions familiales, les noces précédentes des aînés, pour lier connaissance. La mairie n'y voyait aucun inconvénient, mais l'Église demandait et demande toujours l'autorisation du pape, représenté par l'évêque.

La plus belle ou la plus folle histoire vraie que nous recueillîmes fut la suivante. Un paysan aisé, le grand-père de l'homme qui nous conta l'affaire, annonça un jour à ses quatre enfants qu'il devait leur parler, et il leur tint ce langage : « Il est temps que vous fondiez des familles, et voici comment nous allons procéder. Vous êtes trois garçons et une fille. Voyez la merveille, le meunier du vallon, lui, a trois filles et un gars ! Je suis allé lui rendre visite, il m'a bien accueilli. Nous avons décidé de vous marier tous les huit. C'est un bon parti, le père est honnête et la mère est forte (sic). » Les parents avaient imaginé d'accoupler leurs enfants par rang d'âge. La seule réaction vint de l'un des garçons qui demanda timidement « s'il pouvait changer», prendre une autre des sœurs qui était davantage de son goût ! Comme le frère à qui celle-ci avait d'abord été destinée n'objecta pas à cet échange, les quatre unions furent célébrées en même temps. Je me souviens de l'étonnement de mon interlocuteur lorsque je lui demandai si elles avaient été heureuses et stables. Il ne comprenait pas ma question : pourquoi ne l'auraient-elles pas été ? Oui, bien sûr, tous ces gens-là avaient été normalement amoureux, et les couples féconds !

Parlerai-je de Gisèle ? Je revois et je sens la caresse de sa langue sur mon gland. Mon sexe raidi, mes bourses tendues composent avec son joli visage lisse une image secrète et sacrée, monstrueuse, que les sites pornographiques vulgariseront lorsque viendra le règne d'Internet. Son rire m'absout, alors qu'elle s'essuie les lèvres. J'entends ses gémissements tandis qu'à mon tour je m'affaire entre ses jeunes cuisses, avant que je la retourne pour contempler le divin monticule de ses fesses tendues. Hélas, voici que s'enfuient de nouveau ces images assombries par les provocations imprévisibles que dictaient à la sylphide des désordres caractériels ; par l'extinction consécutive de mon désir, par mon départ ; par la tornade de son accord et de son désespoir mêlés. J'étais au Paradis et voici que remontent de l'Enfer des vapeurs de scènes de ménage… Oublions.

4. Cendrillon

Je relis la lettre pour la centième fois. Et mes yeux se dessillent : hélas, non pas pour me soulager, mais pour laisser deux, trois, quatre énigmes se planter dans mon visage comme les griffes d'un sphinx. Comme ai-je pu ne pas repérer immédiatement ces mystères, séparément intrigants et proprement affolants dans leur juxtaposition ? « Une difficulté par jour » disaient Aristote, Coluche et Mendeleiev, peut-être avec d'autres mots. Commençons par les éléments simples. Nous envisagerons plus tard la saga de leur combinaison.

Bien que postée en France, le timbre en fait foi, la lettre suggère d'emblée qu'elle a été écrite, ou qu'elle aurait pu l'être, en un tout autre lieu annoncé d'un seul mot, énigmatique pour tous sauf pour moi : *« Along »*. S'il s'agit bien d'une indication géographique, voici rappelé en un éclair le souvenir d'une fée, née d'un père français et d'une mère laotienne dans un hôpital vietnamien, non loin de la célèbre baie. D'autres détails plaident aussi pour ce choix. La belle voyageuse vit aujourd'hui surtout aux États-Unis, l'anglais est sa langue quotidienne, et *along* se double alors d'une allusion à l'étirement de l'espace et du temps depuis notre séparation. On dirait un soupir tendre et presque lascif : « ah, que c'est long ! revoyons-nous ? » Il n'est pas jusqu'à l'*ace* et le *break* de l'adresse électronique qui ne paraissent soudain signifier le contraire d'un combat et d'un envoi sans retour : le tennis était bien l'occupation principale de nos week-ends.

Marylise : une sublime ondine à l'allure nordique, à la peau claire, aux cheveux blonds, aux yeux verts, en dépit de cette origine asiatique réelle ou revendiquée. Je vais trop vite, je m'embourbe déjà. Son destin alternant des phases de misère et de brillants épisodes est si exceptionnel, « hors normes », que plusieurs années après en avoir connu l'héroïne bien vivante j'ai toujours un peu de mal à le juger vraisemblable. Aucun scénariste n'aurait osé proposer ce destin cousant ensemble des pans de ceux de Cosette, de Peau d'Âne, de Camille Claudel, de Marylin Monroe, de divers *top models*, journalistes, femmes d'entreprises. Un fabuliste peut-être.

Je l'aperçois pour la première fois quelques jours après que j'ai commencé à faire équipe avec son mari. Elle entre sans crier gare dans la pièce où nous travaillons, tirée par un fox terrier aussi exalté qu'elle. La flamme de sa coiffure, son sourire éclatant, ses pommettes rosies obscurcissent par contraste tout l'espace dans lequel nous baignons. Elle porte un parka cintré et un pantalon serré aux chevilles, d'un bleu roi soutenu :

une silhouette d'Yves Klein, qui troue la cloison grise. Elle est renversante, et assurément je suis renversé. Il se passe déjà quelque chose entre nous. Le soir même elle me rappelle, elle veut me revoir sur le champ, me confier un secret quelle n'a pu me communiquer le matin. Deux heures plus tard, elle quitte son mari, elle s'installe chez moi sans se préoccuper davantage de la cohabitation professionnelle des deux hommes, l'ancien et le tout neuf, contraints par leur activité. Tout est simple pour Marylise, elle rayonne de bonheur, sa vie est un roman qui la réjouit. Quant à moi, il se trouve en effet que je suis libre à la suite d'une rupture précédente. Il me serait proprement impensable de refuser un pareil cadeau. Je ne peux même pas imaginer que quelque autre gagnant, dans ma situation, le refuse. Nous sommes dans la catégorie philosophique de la nécessité absolue. Je suis l'élu de la plus belle femme du monde, sous le regard de Kant, d'Éros et d'Apollon.

Pourquoi faut-il que me vienne le souvenir de notre séparation avant celui de notre bonheur ? Une vengeance de son fantôme, peut-être, pour me faire payer mon scepticisme. J'aurais pu me douter qu'un jour, bientôt, la cavalière ressauterait en selle, appelée par un nouvel épisode dans lequel je n'aurais à mon tour plus d'autre place que celle d'une photographie sépia. Pourtant, même si on m'avait présenté dès notre rencontre la menace future de son départ, même si on m'avait fait éprouver un avant-goût des douleurs qui me tortureraient ce jour-là, je n'aurais pas renoncé au paradis présent de nos ébats. C'était… oui, c'était aussi beau, aussi chaud, aussi irrésistible que dans mon livre à venir. Une genèse en effet, ensoleillée, tropicale, sans rien de pornographique. Baisers, caresses, nudités, mélanges, épanchements. Rires aussi, complicité, promesses.

L'épreuve surgira plus vite que je n'aurais osé l'imaginer. Un nouveau collègue d'un niveau social et d'un aspect physique équivalents aux miens laissera bientôt deviner entre un *lob* et un *slice* qu'il n'est pas indifférent au charme de ma sylphide, laquelle se demandera sans attendre pourquoi l'essai de ce plaisir encore inconnu lui serait interdit. Mais Marylise place toujours la barre très haut en matière de catastrophe aussi bien que de renaissance. Un simple changement d'homme n'apaiserait pas sa faim de découvertes. Elle vient d'apprendre qu'un appartement se libère deux étages sous le mien, dans le même immeuble, dans la même cage d'escalier. Elle va le louer, « pour que nous puissions continuer à nous voir ». Et pour qu'elle puisse recevoir qui elle veut. J'ai l'impression qu'on vient de me glisser une bombe sous les pieds et un cancer sous la peau. Comment pourrais-je dormir en imaginant ce qui se passe un peu plus bas ? un peu plus bas que mon cœur, que mes mains, que mon sexe ?

La suite vaudra ce préambule. Marylise déménagera bientôt de nouveau, en mettant quelques rues entre nous, mais sans cesser de faire à l'occasion retour dans mon lit ; sans cesser de me rejoindre à l'improviste sur des lieux de vacances où j'avais pensé m'éloigner pour soigner mes peines. Je dois à la vérité de dire que pas une fois l'idée de refuser ces retrouvailles ne m'a traversé l'esprit. Nous étions immédiatement trop bien ensemble, nos corps mêlés. Et nos rires, et nos respirations. Nos heures de sommeil côte à côte. Nos réveils, à l'aube du monde.

Viendra pourtant le moment où la faille s'élargira, parce qu'elle aura décidé d'avoir, d'un conseiller d'État – à défaut du Président de la République, du Pape ou du Dalaï Lama – un enfant que je lui aurais fait volontiers. Bien sûr, elle soigne les difficultés. L'homme est marié, il mène une vie conjugale et familiale sans histoire ; plus exactement il la menait jusqu'à sa rencontre avec Marylise qui va s'employer à dynamiter toute cette médiocrité. La voici enceinte, approchant, je crois bien, jusqu'à l'épouse trompée. Pour une fois, son complot ne connaît pas l'issue espérée. Les murailles de la vie bourgeoise résistent à ses assauts d'*outlaw*. Elle sera fille mère, sans doute aidée cependant et visitée par le père supposé ; condition qui, dans son cas, ne sera jamais génératrice d'un misérabilisme inesthétique ni même de quelque tristesse. Les *baby-sitters* défileront autour du lit du chérubin comme les amants dans celui de sa mère. En étudiant mon agenda, je me demanderai d'ailleurs si cet enfant ne me doit pas quelques-uns de ses chromosomes.

Remontons de quelques mois pour mesurer mon désarroi. Au terme de cette grossesse mythologique, le hasard amène l'ancien couple que nous sommes devenus à partager dans un restaurant chinois du Quartier Latin un repas… interrompu par la perte des eaux de la parturiente. C'est donc moi et non pas le père proclamé qui la conduis à la maternité, dans les rires et en pleine tendresse. Les infirmières ne comprennent pas très bien quel est mon rôle dans ce scénario, et à la vérité moi non plus. Pourtant, cet autre *Big Bang* marque la fin de tout contact amoureux entre nous. Je lui ai proposé de construire avec elle une vie éternelle, et elle a décliné mon offre. Mes argumentations de raisonneur se sont effondrées. Nos peaux n'ont pas suivi. Avec cet enfant un autre univers, un autre réel, sont nés, dans lesquels je n'ai plus de place. Ne subsisteront que quelques échanges épistolaires avec la complicité de Mark Zuckerberg, de très loin en très loin, et au grand jour. Il n'y aurait donc aucun sens à imaginer Marylise sous les plumes de l'aimable corbeau qui a écrit à l'auteur de mon livre. Si elle avait voulu me retrouver, elle m'aurait appelé sans détour et sans masque. Ou bien elle aurait obtenu de ma concierge la clé de mon appartement, et je l'aurais trouvée un soir dans mon lit, sans notification préalable. Marylise avance et défriche sans s'attarder aux souvenirs, elle ne connaît pas la marche arrière.

Je préfère continuer à lui rendre hommage en évoquant l'incroyable roman de sa vie, indépendamment de notre rencontre. Les coups de théâtre qui s'y succèdent, articulant des phases sans liens logiques, lui confèrent une aura magique qui n'est pas étrangère au charme, à la fascination magnétique que suscite cette héroïne hors du commun. Née dans les conditions qu'on va lire, elle pouvait bien exiger de la Fortune ou de Dieu que le feuilleton continue sans s'étioler. Je crois sincèrement que tout destin peut être décrit comme une fable, mais celui de Marylise appartient au recueil des histoires extrêmes. Pour peu qu'on la considère comme un surgissement unique, une existence véritable manifeste toujours une force sacrée, une évidence sans appel, qui démembrent les catégories abstraites. Les calculs, les probabilités cèdent devant la puissance du hasard, devant le caractère irréfutable du réel avenu. J'ai douté plus d'une fois de la vérité du récit que me faisait Marylise, et il m'arrive d'en douter encore, bien qu'un grand nombre de preuves se soient accumulées sous mes yeux. Au demeurant, il ne serait pas moins intéressant qu'il s'agisse d'une fantasmagorie ; une hypothèse aussi farfelue ne conviendrait pas moins à un personnage de cet acabit. Le Créateur n'a pas fait qu'« unir des gens », il s'est amusé à écrire des destinées ébouriffantes.

(Un souvenir de lecture me revient, dont je ne sais pas très bien s'il confirme ou infirme ce que je viens d'écrire. Alain note dans un de ses *Propos sur des philosophes* que nous ne doutons que de ce que nous voyons – c'est la fonction même de l'esprit raisonnant – tandis que nous pouvons ajouter foi à ce que nous ne voyons pas, dont le langage se porte garant. Ainsi s'explique qu'une créature aussi intelligente que l'homme, capable d'écrire *Hamlet* et de chasser le boson de Higgs, puisse admettre sans sourciller qu'une Vierge ait accouché et soit montée physiquement au Ciel. À chaque passage d'une bouche à une oreille, le nouvel auditeur peaufine le récit pour en parfaire la présentation et le rendre plus vraisemblable.)

L'histoire de Marylise, donc, comme une métaphore parmi mille de la condition humaine, comme l'un de ces contes qui embrasent nos veillées. Ses souvenirs commencent lorsqu'elle descend la rampe d'un avion en provenance de Luang Prabang. Sans doute au Bourget. Encore n'est-elle pas bien sûre de la scène car elle n'a pas trois ans. Peut-être l'a-t-elle reconstituée plus tard. Elle en aura le temps au fil des interminables nuits solitaires qui vont étirer son enfance. Elle tient la main d'une dame élégante immensément haute. Et elle serre de l'autre bras une poupée de chiffon sur sa petite poitrine.

Lina, c'est son premier nom, est la fille d'un officier français en poste en « Indochine » qui a épousé une femme « indigène ». C'est ce qu'on pourrait lui dire, mais qu'en comprendrait-elle, dans son cerveau à peine formé ? Combien de temps vont mettre à s'effacer le visage de sa mère, celui de son père, la splendeur puissante du Mékong ? Peu de jours. L'enfant présente de surcroît une allure physique contredisant cette origine. Elle n'a rien d'asiatique sinon peut-être un léger étirement des paupières sur des yeux paradoxalement verts. Elle sera grande, mince, blonde, de peau claire. Une Suédoise.

Elle apprendra trente ans plus tard que son père avait quitté l'armée pour créer une entreprise de transport fluvial en s'associant avec une famille locale fortunée. Les guérilleros du *Pathet Lao* ou ceux du *Viêt Minh* ont coulé les bateaux. Le Français a quitté son amante qui était aussi sa banquière. Il a empoché seul les remboursements de la compagnie d'assurances. Il a arraché la petite Lina à sa mère et demandé à une amie de l'emmener en métropole sans y organiser davantage son accueil, sans même faire savoir à sa propre famille qu'elle existe. Trente ans pour que ces vérités reviennent à la lumière. Pour l'instant, il fait nuit.

La dame emmène sur le champ la fillette – le bébé – en Normandie où réside la grand-mère. Laquelle refuse de recevoir cette bâtarde inconnue et referme sa porte. Appel téléphonique de l'accompagnatrice affolée à une amie qui patronne des nounous dans une région isolée du Massif Central. Un vieux couple de paysans accepte de recevoir la petite métis en attendant que le père refasse surface. Rien de tel pendant dix ans : une première éternité ! dans une campagne française dont les paysages et les habitants patoisants n'ont guère changé depuis des siècles. Les parents adoptifs, impuissants mais sans reproche, conservent leur encombrant trésor sous le regard soupçonneux des fonctionnaires des affaires familiales. L'extraterrestre devient donc Lisette, une petite villageoise protégée par l'institutrice du village, car c'est une bonne élève. Puis viennent le transfert dans un orphelinat moins plaisant, l'entrée en sixième ; et enfin un nouveau tremblement de terre dans cette destinée qu'on pouvait croire établie : le père se manifeste et récupère sa fille, sans rien dire de ses raisons ni de son silence antérieur ; sans parler à l'enfant de sa mère disparue. Pourquoi celle-ci l'a-t-elle abandonnée ? On est chez Perrault, chez Hector Malot, Dumas, Hugo, Dickens ; chez Thomas Hardy, en compagnie de *Tess* et de *Sue*.

L'ancien militaire est désormais marié avec une parisienne dont il a une autre fille. Au demeurant, ce personnage du père a de quoi susciter un récit parallèle. Un jour, beaucoup plus tard, Lisette devenue Marylise comprendra que, outre sa mère, une première épouse métropolitaine a précédé celle-ci : une autre Française, donc, rencontrée au Laos alors qu'elle n'avait que seize ans. L'adolescente se trouvant enceinte, la famille a exigé le mariage. Mais, une fois les noces célébrées, le bébé se révèle… noir ! donc d'un autre amant. Tel est pris qui se croyait un peu plus maître du jeu.

La petite Lisette vit comme une violence insupportable ce deuxième arrachement à son monde rural. C'est Cendrillon. On se moque à Paris de la petite paysanne des Cévennes, et sa belle-mère joue sans tendresse son rôle de marâtre. On peut cette fois penser à ces gamines élevées par leurs ravisseurs indiens dans les plaines américaines, qui souffrent ensuite de quitter leur tipi et leur famille culturelle pour revenir dans le fort de leurs ancêtres biologiques, plus incultes et racistes que civilisés. La délivrance viendra lorsque la jeune lycéenne sera admise dans une École Normale de province afin d'y apprendre le métier d'institutrice. Est-ce la fin de son errance ? « l'intégration » définitive d'une âme errante dans le giron de la République ?

Pas du tout. Le hasard veille ; ou Hermès ou Mercure, dieux du voyage, mais aussi, dit-on, du vol et du mensonge ; ou quelque autre puissance que savent les astrologues. La jeune fille, plus belle chaque jour, accompagne une amie de classe qui veut faire des courses dans l'unique « grand magasin » de la petite ville. Lisette se laisse aller à essayer un *panty* affriolant qui lui révèle son nouveau corps de femme et sort de la cabine d'essayage en oubliant de le rendre. Lorsque les deux chipies reviennent au pensionnat, la vendeuse est déjà là, la directrice a les bras croisés et les sourcils froncés. Le père de la voleuse est prévenu par téléphone. Un conseil de discipline est prévu pour le lendemain. C'en est trop pour l'aventurière en herbe. Elle va changer de vie. Elle escalade un poteau téléphonique, saute un mur, arrête un taxi et se fait conduire à Paris : chez son père !

Que va bien pouvoir inventer celui-ci pour rester fidèle à sa mâle sévérité, pour punir la rebelle et s'en débarrasser ? Il la présente à un psychiatre compatissant, et il obtient son internement dans un pavillon de la Salpêtrière ! Scènes empruntées à *Vol au-dessus d'un nid de coucou* : il y a des malades délirants, d'autres menaçants, tout le monde est abruti de tranquillisants. Au bout de quelques semaines, le médecin chef refuse de garder plus longtemps une pensionnaire parfaitement saine et la fait admettre dans une maison de repos provençale.

C'est enfin le début du bonheur, de l'indépendance ; bientôt de la liberté, des premiers flirts. À son retour à Paris, Lisette a dix-sept ans. Elle est remarquée partout pour sa beauté différente : dans la rue, dans les cafés, dans les salons de coiffure. Elle change son nom, donc encore une fois son identité, tandis que les offres de postes d'hôtesse, de mannequin, se multiplient. Dans la décennie suivante, à ces formes d'oisiveté dorée elle préférera plusieurs fois la création d'entreprises : de presse, de vêtements, d'autres choses. On ne dira rien ici de cette vie construite, des amours ultérieures, des réussites et des échecs de Marylise.

Car le suspense, cousin ou rival du hasard, tient en réserve des séquences bien plus corsées. Un jour, un voisin la joint sur son lieu de travail pour lui apprendre qu'« un oncle qui la recherche depuis des années » l'a enfin trouvée. Il se propose de revenir chez elle, le lendemain, avec sa tante... et sa mère ! « qui a fait le voyage depuis les États-Unis » ! Marylise reçoit ces inconnus qui font sûrement erreur, mais la vérité l'emporte sur l'invraisemblable. La mère de Lina a réussi à fuir le Laos après la débâcle française avec l'une de ses sœurs, la femme de l'oncle, et à s'installer près de Chicago. Elle a un autre fils, lequel a quatre enfants. N'en jetez plus ! Voici Marylise subitement pourvue, en plus d'une maman, d'un demi-frère, d'une belle-sœur, de deux nièces et de deux neveux américains ; toute une famille dont son propre père ne sait rien ! Elle échappe définitivement à l'ogre et à la marâtre.

Il serait vain cependant d'imaginer des retrouvailles larmoyantes entre la fille et la mère, à l'image de ces scènes pénibles et quelque peu ridicules dont la télévision aime à se repaître. La coupure a été trop longue, sa subite réparation manque de sens. Un sourire et quelques larmes ne parviendront pas à effacer d'emblée le souvenir de l'enfance rurale, des années d'orphelinat, les cris des possédées à la Salpêtrière. Les deux femmes auront du mal à faire communiquer leurs malheurs respectifs ; à se reconnaître, à s'admettre, à se toucher, à se parler, à se comprendre. Un jour, plus tard, viendront les confidences, les récits des joies et des douleurs occultées.

Encore une éternité et Marylise retournera seule, pendant quelques mois, dans ce Laos dont elle n'a aucun souvenir. Pour éprouver sa moiteur, ses parfums. Entendre les cris des enfants. Pour tremper ses pieds de bébé dans l'eau du Mékong.

Je reviens à ma quête. À la vérité, je peux imaginer Marylise, un stylo à la main, s'amusant à m'écrire le message torride dans lequel j'ai retrouvé sa trace. Sa vie a commencé sur le mode du conte ; elle aurait tous les droits de la poursuivre sur le même ton. Mais, je ne souhaite pas la charger de ce geste. Comment disait Bartleby, le héros de Melville ? « *I would prefer not to.* » Dans l'un de ses autres *propos* Alain remarque qu'en traduisant mot pour mot une phrase de Shelley ou de

Shakespeare on obtient du Mallarmé ; lequel, au demeurant était professeur d'anglais. C'est cela. Je préfère Marylise ne pas.

5. Pénélope

La lettre est inépuisable. Je l'avais mal lue. Dès les premières phrases, la rédactrice compare le présent voyage qui la ramène vers moi à « une *Odyssée* inversée » : c'est moi, cette fois, qui l'attends « dans une nouvelle Ithaque », « en tissant des pages de récit ». C'est charmant, mais l'époque des héros est bien révolue. Les aèdes et griots ont cédé la place aux auteurs des éditions universitaires. Homère a surmonté sa cécité pour apprendre à écrire. (Sur ce terrain, dans ladite *Odyssée,* un certain Démodocos raconte oralement des moments de la guerre de Troie. Il n'a pas pu en lire la chronique puisqu'il est aveugle lui aussi ; et, au demeurant, il évoque des épisodes qui sont absents de *L'Iliade* ! Comprenne qui pourra, ce qui n'est pas si difficile.)

Bref, revenons à mes galipettes. Quelles allusions pourraient me ramener plus directement le souvenir d'une autre Pénélope avec laquelle j'ai effectivement passé une semaine de vacance dans l'île d'Ulysse ? L'idée nous avait séduits et amusés alors que nous cherchions une destination pour y cacher notre relation naissante. L'épistolière pousse la plaisanterie jusqu'à me prévenir qu'elle entend bien faire la peau à toutes les « prétendantes » cherchant à la doubler dans mon cœur…

Pénélope était, plus encore qu'une très belle asperge, une impayable « nana » à l'humour, à l'inventivité inégalables. Son abattage tranchait avec la réputation de fidélité un peu morne attachée à l'héroïne antique dont elle portait le nom. Par sa seule présence elle créait une ambiance drolatique qui faisait aimer la vie à tous les présents. Un midi, entre deux des séances de travail qui nous ont amenés à faire connaissance, je l'emmène innocemment déjeuner dans un restaurant dont les verrières donnent sur un parc parisien. Nous sommes l'un et l'autre traversés de sensations encore mal identifiées. Nous parlons donc beaucoup, nous ne savons pas de quoi. Après les fraises du dessert, le café est si fort qu'il me paraît dévorer l'espace et notre avenir comme l'un de ces trous noirs galactiques mangeurs d'étoiles et de temps. Nous sommes malades. Nous vacillons. Il nous reste quelques minutes pour une promenade entre les bosquets fleuris qui paraissent eux-mêmes exploser sous une pression de sève printanière. Nos mains se cherchent et se trouvent. Il y a des bancs. Nous nous asseyons, nous nous embrassons délicieusement. Verticales et horizontales retrouvent leur aplomb et leur fuite. En sortant du parc, nous tombons sur une collègue qui est aussi une amie intime de Pénélope, laquelle ne me lâche pas la main pour autant. Et de s'exclamer à l'oreille de sa confidente : « J'ai un amant ! j'ai un amant ! » C'est trop dire, et c'est assurément un peu tôt… L'idée ne me vient pas que c'est cette situation abstraite qui l'émeut : la réalisation d'un projet singulier et secret plus encore que la rencontre de nos deux personnes.

Le soir, je la raccompagne. Elle m'expose sa situation et son plan. Elle vit avec un garçon de son âge, donc plus jeune que moi. Elle ne s'étend pas sur la question, mais apparemment des craquements ont ébranlé cette union. Elle doit passer une première semaine de vacances dans le mas de ses parents, elle me propose de nous retrouver ensuite pour un séjour en Grèce. Elle s'occupe de tout. Trois jours plus tard, avant de disparaître dans le giron de sa famille, elle me remet en effet deux billets d'avion Paris-Athènes et un *voucher* d'hôtel couvrant un séjour de huit jours à Ithaque. Quelle excitante plaisanterie ! que je vois comme un signe de liberté et d'inventivité. C'est bien d'elle, et bientôt ce sera de nous. Il n'y a plus de place dans les avions à la date de notre retour. Nous reviendrons en bateau vers Bari ou Brindisi, puis en train jusqu'à Paris. Merveilleux ?

Hélas, à la date fixée ce n'est plus la même starlette que je retrouve à Orly. La *show woman* arpente désormais la scène du monde avec un teint plombé et un regard soucieux. Quelque chose ne va pas. Je ne mets pas bien longtemps à comprendre qu'elle s'est réconciliée avec son compagnon, au prix d'une explication orageuse.

Un premier cauchemar me laisse même imaginer qu'elle l'a rendu responsable de notre escapade, qu'elle lui a reproché de l'avoir placée en situation d'en rêver et de l'organiser : querelle d'amoureux... Mais foin de ratiocinations inutiles, nous avons des billets, nous partons. Dans l'avion, elle dégage régulièrement sa main de la mienne.

La chambre de l'hôtel grec propose un grand lit à deux places et un autre plus petit. Elle veut absolument dormir seule. Je n'ai jamais vécu une situation aussi grotesque, mais je ne suis pas un violeur. Puisqu'elle me quitte la nuit, j'en fais autant de jour. Je pars marcher, je découvre des plages cachées et de petits restaurants locaux. Je fais la connaissance de quelques habitants, dont une délicieuse très vieille dame, veuve d'un professeur de faculté, qui parle un français parfait et connaît mieux que moi les œuvres de Montaigne, de Pascal, de Rousseau. Un jour, elle me reproche de porter une chemise trop exactement assortie à mon pantalon : il faut, à l'entendre, savoir cultiver des ruptures... Elle doit avoir raison. Pendant ce temps, une Pénélope que je ne connais plus joue aux dames et au badminton avec des prétendants stupides au bord d'une piscine d'hôtel qui pourrait aussi bien se trouver en Espagne ou en Tunisie. Sans doute téléphone-t-elle à son ami à Paris ? Je finis par trouver ma solitude élégante.

Nous sommes devenus presque étrangers l'un à l'autre lorsque nous embarquons à Patras sur le bateau qui s'élance dans l'Adriatique. Avant l'escale à Corfou qui marque à nos yeux d'occidentaux l'entrée dans un monde ouvert, tout de joies et de plaisirs, le profil sombre des côtes de l'Albanie paraît vouloir nous rappeler qu'il existe aussi des zones plus mystérieuses, peut-être même interdites. Pénélope saisit ma main et ne la lâche plus. C'est la première fois depuis huit jours. Puis, nous voici dans un train dont l'arrivée à Paris est prévue... vingt-quatre heures plus tard ! Pendant la journée, nous remontons l'Italie de gare en gare, presque de plage en plage, en faisant place à des familles nombreuses bruyantes et sympathiques. Mais, lorsque se profilent les Alpes sur un ciel rougeoyant qui annonce la nuit à venir, nous nous retrouvons seuls dans notre écrin. Et Pénélope de laisser sa tête se poser sur mon épaule... et de guider ma main vers son entrejambe, vers sa touffe interdite, vers ses papillons tièdes. Il nous reste une dizaine d'heures d'intimité. Soudain, une bague frappe à la porte du compartiment qui s'ouvre avant que nous n'ayons eu le temps de rectifier nos tenues : l'extraterrestre vêtu d'un uniforme bizarre est un douanier suisse, qui nous regarde en essayant de s'abstenir de toute expression. Il nous laisse.

En sortant de la gare de Lyon, à Paris, nous nous préparons à nous séparer avec des bises de vieux amis. Elle se jette à mon cou, elle veut me dire quelque chose : « C'est le plus beau voyage de ma vie. Pardonne-moi ! – Sois heureuse ! » Je ne l'ai jamais revue, sinon sur des écrans de cinéma et de télévision ; sur une scène de théâtre aussi, car Pénélope est devenue une actrice connue.

Donc, c'est cette étoile du ratage qui m'a adressé cette lettre, pour vivre enfin l'étreinte à laquelle elle s'est refusée ? Il n'en est pas question ! Deux raisons nourrissent mon veto, dont l'une tient à sa vie présente et l'autre à l'histoire de notre relation. La célébrité de Pénélope pèse désormais sur sa liberté, la menaçant d'un scandale grotesque si une fuite dévoilait une telle confession érotique. Par ailleurs, même si sa subite et ultime effusion lors de notre arrivée à Paris était sincère, elle ne peut faire oublier après coup une abstention réelle. Se donner est un acte grave, qu'on ne peut insulter par des va-et-vient pitoyables. Il y a de la beauté, de l'émotion, de la drôlerie dans le monde : du ridicule aussi, que quelques lignes bien tournées, serait-elles audacieuses, ne sauraient effacer. Conservons dans toute sa hideuse pureté cette catastrophe inracontable, qui vient d'être racontée.

*

La comète grecque a une queue, si j'ose dire. Elle me laisse en s'enfuyant d'autres souvenirs de désastres, où les énigmes physiques côtoient des difficultés psychologiques de circonstance. Le lecteur voudra bien remarquer que ces aveux de ma propre insuffisance peuvent aussi se lire comme une compréhension de celle de Pénélope. Le spectre de son ami la tenait à distance.

Voici d'abord plus comique. Oublions tout décor homérique, nous sommes à Paris, chez Feydeau. J'ai fait la connaissance d'un philosophe réputé, extrêmement brillant et au demeurant célèbre, avec lequel je passe des après-midi à la fois studieuses et drolatiques. Il m'explique les subtilités de la pensée de Husserl, ce que lui doivent Heidegger ou Sartre, et nous ne manquons pas de refaire le monde dans d'énormes éclats de rire. L'homme est un géant rabelaisien, dont la faconde fait oublier le tour de taille. Je le sais marié, mais il ne m'a jamais présenté son épouse. Un jour, une porte s'ouvre au fond du salon dans lequel nous nous esclaffons, et une jeune personne d'une beauté véritablement miraculeuse apparaît en peignoir de bain avant de disparaître immédiatement par une autre porte. Le contraste est tel avec mon hôte que je pense d'abord à une étudiante qui a ajouté à un éblouissement intellectuel semblable au mien une relation amoureuse avec son professeur ; une oie blanche ou une débutante perverse ; Cécile de Volanges, Uma Thurman. Le maître s'est contenté de désigner l'apparition d'un seul nom souligné d'un sourire et d'un hochement de tête : « Luce ». La scène se reproduit à l'identique quelques jours plus tard. La fée adolescente est toujours aussi légèrement vêtue et aussi évanescente. À ce point du récit, je ne l'ai donc vue que deux fois cinq secondes. Une demi-heure après mon départ, je m'aperçois que j'ai laissé derrière moi un document qui m'est nécessaire. Je rappelle mon mentor au téléphone, mais c'est une voix féminine qui me répond, annonçant doucement : « Fernand vient de partir. Je vous attends. » Quand j'arrive sur le palier de l'appartement, la porte est entrouverte. J'entre. Du salon, on aperçoit le fond d'une chambre attenante. Comme je n'entends rien de décisif, je m'avance. La belle est nue sur un grand lit. Elle me regarde. Un cadeau royal.

Le problème, car il y en a un, c'est que la coquine est bien l'épouse de mon ami, et que je suis supposé « la sauter » dans l'instant sur la couche matrimoniale. Je ne m'y déciderai pas. Dans les années suivantes, nous aurons à deux ou trois reprises l'occasion de rattraper ce pas de deux dans des conditions moins traumatisantes. Elle n'y consentira plus jamais. Hélas, elle était toujours aussi belle.

Et voici plus banal, mais sans doute plus mystérieux : un cas de *fiasco* total avec une collègue que je trouvais pourtant a priori, de loin, très attirante. Un voyage professionnel nous offre l'occasion d'une nuit plaisante, sans lendemain dangereux ; avant de la rejoindre, il me semble que je la désire ; mais, une fois dans le même lit, mon corps ne veut pas de cette rencontre, sans que je puisse m'expliquer ce caprice. Une affaire de chimie, de phéromones, sans doute. C'est que l'amour procède toujours à la fois d'une séduction mentale, culturelle, et d'une attirance physique : et, je l'ai déjà dit mais je le répète volontiers, c'est cette dernière dimension qui lui vaut un caractère sacré. De langue, de vision du monde, de canons de beauté, on peut toujours changer, on est dans un ordre humain. Tandis que la Nature est le domaine de Dieu ou des dieux. Je préfère Spinoza à Descartes. Aucun homme ne décide d'un tremblement de terre, qu'il s'agisse de ceux qui ont détruit Lisbonne, San Francisco, Haïti, ou de ceux qui ont terrassé des amants : « *Je le vis, je rougis, je pâlis à sa vue, un trouble s'éleva dans mon âme éperdue...* » Si la divinité de Jésus de Nazareth a été proclamée, ce n'est pas tant en raison de la qualité de ses homélies que parce qu'il a fait des miracles : parce qu'il a marché sur l'eau ; parce qu'il a multiplié des poissons, des pains, et changé l'eau en vin ; parce qu'il est sorti vivant du tombeau.

Quelle différence y a-t-il dans l'état d'un organisme, juste avant et juste après sa mort ? Nous sommes les produits d'une extraordinaire saga matérielle. Du ballet des particules et des ondes ont émergé le cerveau de Botticelli et *La naissance de Vénus*, celui d'Einstein et la Relativité générale, celui de Thérèse de Lisieux et ses émotions de fiancée mystique. Je crois que même les passions les plus éthérées comportent des stigmates corporels. Sans doute apparaît-il scandaleux de supposer que les religieuses éprouvant leur foi comme un mariage, considérant le Christ comme leur époux, secrètent des humeurs comme toutes les amoureuses ; qu'elles mouillent leur culotte. Mais la vérité est souvent scandaleuse.

6. Esther

C'était pourtant évident. La rédactrice de la lettre ne s'est pas contentée de noter le problème ou l'amusement que lui a valu le fait que je ne sois pas circoncis. Un peu plus loin, elle a glissé, au terme d'un paragraphe rappelant nos gymnastiques érotiques, une plaisante demande sur « l'état de ma hanche ». Remarque qui me renvoie sur le champ à d'interminables conversations avec Esther sur un fascinant passage de la Bible : le mystérieux « combat de Jacob avec l'Ange », lequel, comme on le sait, vaut à celui que le texte va désormais appeler Israël une luxation de la hanche et à ses descendants l'interdiction de manger des viandes touchant au nerf sciatique. (Dans mes rêves, je confonds volontiers cette lésion frappant le petit-fils d'Abraham avec la blessure d'Adam au côté nécessitée par l'extraction d'Ève. Je ne sais pas si je suis le seul à opérer ce rapprochement. Je ne sais pas notamment si on en trouve trace dans le Talmud ou dans quelque midrash : peut-être bien ! de quoi les juifs n'ont-ils pas disserté ?)

Esther. Quand nous faisons connaissance, elle s'appelle Jeanne. Je ne lui ai pas encore fait cadeau de sa véritable identité. Son patronyme est composé de deux noms reliés par un trait d'union, dont le premier est ostensiblement juif. Je laisse la question de savoir si elle fait elle-même partie de la lignée de Jacob ; sans doute pas au regard de la *halakha* puisque ce n'est pas le cas de sa mère ; mais je ne sais pas si ce « détail » aurait suffi à lui éviter l'étoile jaune à l'époque de l'ignoble « statut des juifs » ; à coup sûr son nom lui aurait au moins valu les soupçons et les persécutions des séides antisémites.

Je ne suis pas juif. Mais la multiplicité des cultures a toujours constitué à mes yeux le plus merveilleux trésor de l'humanité. Sans craindre d'employer un mot proscrit en France, je préfère la forme « communautariste » de la démocratie, qu'elle soit anglo-saxonne, allemande, espagnole, indienne, à la version squelettique dont se réclame le jacobinisme révolutionnaire, héritier sur ce point du rêve du Roi Soleil. Le racisme n'est pas loin d'un nationalisme appuyé sur une culture unique ; les guerres coloniales et le triste épisode de Vichy l'ont suffisamment montré. La France paie ce péché de la nullité de ses étudiants et de ses hommes d'affaires en langues étrangères ; de l'extinction progressive du français dans les échanges internationaux. (Si je voulais être complet, j'ajouterais qu'à mes yeux la capacité nouvelle qu'offre Internet à l'individu, doublée du désir de chacun de cerner sa propre identité, définit une sorte de « libéralisme communautariste » qui déclasse toutes les organisations centralisées au rang de vieilleries. Mais ce n'est pas ici le lieu de telles méditations. Je cherche une femme.)

Quelle n'est donc pas ma surprise de découvrir, au début de notre vie commune, que ma connaissance du judaïsme excède largement celle de Jeanne. J'ai de nombreux amis juifs auxquels il arrive de m'inviter pour partager avec eux une soirée de *Kippour* ou de *Rosh Hashana.* J'écoute chaque dimanche matin, sur France Culture, l'excitante émission *Maison d'études*, dont les explorations intellectuelles tranchent avec les mornes répétitions des rituels catholiques. Mais ces richesses sont étrangères à ma nouvelle compagne, qui les découvre à mes côtés, souvent nue dans mes bras. Nos conversations sont, dans mon souvenir, inséparables de nos ébats.

« Il est bizarre ce Jacob, il trompe son frère Esaü ?

— Et son père Isaac aussi bien, avec la complicité de sa mère Rebecca.

— Quelle famille ! Isaac, c'est le même que celui dont Dieu a demandé le sacrifice avant de l'épargner ?

— C'est le fils d'Abraham, oui.

— Attends, tu me fais mal, n'appuie pas sur mon sein.

— Les juifs ne parlent pas de sacrifice, mais d'une « ligature » dont la circoncision perpétuerait le souvenir.

— Tu n'es pas circoncis.

— Non, pourquoi le serais-je ? J'aime bien mon prépuce.

– Fais voir !

– J'adore la façon dont tes papillons le décalottent quand j'entre dans ton étui…

– Montre !

– Comment veux-tu ? ça se passe dedans, on ne peut pas voir.

– Attends, va doucement, oui, je crois que l'ai senti, je le sentirai chaque fois maintenant. Je t'aime, mon goy préféré…

– À l'époque de Jacob, Isaac est très vieux, aveugle, il vit ses derniers jours, et il veut avant de mourir désigner son héritier. Entre ses fils, il préfère Esaü, il ne sait pas ou il ne veut pas savoir que ce dernier a renoncé à son droit d'aînesse au profit de son cadet.

– Contre un plat de lentilles ?

– Un jour qu'il avait faim, au retour de la chasse qu'il pratique régulièrement. Aidé de Rebecca, Jacob imagine alors de se coller des poils de gibier sur le visage et les bras pour égarer son père qui n'y voit que du feu et lui remet tous ses biens. Plus tard viendra la fameuse lutte avec l'Ange au terme de laquelle Dieu changera le nom de Jacob en Israël.

– Incompréhensible ! je me demande si j'ai envie de faire partie de la lignée.

– Les descendants d'Esaü deviennent de leur côté des ennemis acharnés des juifs.

– Alors je n'en suis pas davantage.

« – Il faut penser ces paradoxes de la Bible comme une source de son charme et sans doute de sa vérité. Le cœur de l'homme n'est pas simple, et l'ensemble du réel ne l'est pas davantage. Des couples de valeurs opposées, le bien et le mal, se partagent l'un et l'autre. À l'origine les deux frères sont très proches : ce sont des jumeaux, dont les naissances s'enchaînent. Esaü n'est l'aîné que de peu ; c'est d'abord l'ancien chasseur proche de la nature, mais les traditions ultérieures en feront pourtant le père des Romains et des chrétiens. Tandis que l'éleveur Jacob-Israël annoncerait une humanité plus moderne et plus morale malgré son entourloupe initiale ; plus torturée peut-être. Au demeurant, est-ce bien un ange qui s'est dressé sur sa route, alors qu'il voulait se réconcilier avec son frère lésé ? Quel sens donner à sa victoire ? une victoire contre Dieu ? Les rabbins passeront et passent encore leur temps à méditer sur ces obscurités qui mettent les neurones au travail. C'est sans doute cette habitude de l'étude qui vaut aux juifs tant de succès dans toute sorte de disciplines, commerciales ou académiques.

– Tu me donnes le prix Nobel ?

– Assurément, mais dans une catégorie secrète. Je t'aime aussi, donne-moi ta bouche… »

Ces gymnastiques physiques et intellectuelles vont finalement mener Jeanne à une véritable mutation. Elle impose à ses proches, à ses collègues, au monde entier, de l'appeler Esther. Ce qui lui vaut quelques démêlés abracadabrantesques avec diverses administrations. Comme on le sait, le personnage de ce nom dans le récit biblique est une jeune fille juive qui se donne au roi perse Assuérus pour surveiller de près le vizir premier ministre Aman, très hostile à ses frères de race ; elle fait même remplacer le méchant par son cousin Mardochée. Mais il y a plus mystérieux. Le mot *esther* en hébreu implique une idée de retrait : quelque chose comme « je me cacherai ». Or, effectivement, le livre de la Bible qui porte ce titre marque la fin des interventions directes de Dieu et celle des prophéties. Mon Esther à moi, qui n'en est pas à un paradoxe ni à une provocation près, en déduit que, si Dieu s'efface dans quelque sieste ou s'absorbe dans le fameux *tsimtsoum*, il convient d'en prendre le relais dans le monde. Elle va se montrer.

Après s'être annoncée par téléphone sous son nouveau nom à ses parents incrédules, elle décide de descendre dans le midi braver leur censure. Pour apercevoir la source de cette faille dans l'intégrité de sa personne, il faut en effet remonter à celle de son père, dont la vie s'apparente à une tragédie passablement ridicule. *Raymond* est né d'une mère et d'un père juifs très pauvres du rivage méditerranéen qui portaient des prénoms autrement authentiques : *Moshe* et *Siona*. Or, la sœur de *Moshe* a déjà pris ses distances avec sa filiation ethnique en épousant un bourgeois protestant fortuné. Hélas, la transfuge se révèle stérile ; mais, voyez comme un bonheur peut fleurir sur un arpent de malheurs, son frère et sa belle-sœur ne parviennent pas davantage que les parents du Petit Poucet à nourrir correctement leur progéniture. Pour éviter à l'un des garçons au moins d'être abandonné dans la forêt du monde, l'oncle et la tante prennent en charge le gamin à peine né et l'adoptent en bonne et due forme. Ils en font un petit Raymond chrétien, baptisé, mais ils ne parviennent pas à changer complètement son patronyme. L'enfant portera désormais les noms de ses deux pères accolés : le premier qui le désigne comme juif, et le second qui laisse deviner une volonté de l'arracher à cette origine… Une sorte d'étoile jaune un peu fripée.

La suite ne fera qu'aggraver cette confusion. Le jeune homme devient militaire, peut-être pour se faire Français exemplaire, mais dans une armée où certains collègues ont un peu de mal à prononcer son nom. Il participe aux guerres coloniales de son temps, en Indochine, en Algérie. Entre deux combats il revient en métropole offrir à son épouse non juive une nouvelle grossesse. Naissent des enfants vaguement contraints par les absences du père et les silences de la mère, à l'exception de la petite Jeanne qui manifeste dès son plus jeune âge une personnalité explosive, un enjouement sans égal. Elle devient une adolescente longiligne extrêmement séduisante, une sorte de « jeune homme manqué »… qui ne manque pas de se tailler un brillant chemin professionnel dans la jungle des villes et des institutions françaises. Le futur auteur de la *Genèse porno* la rencontre, tombe à ses pieds, se relève pour ouvrir son corsage et son jean, la couche sur un lit qu'ils décident de partager désormais chaque nuit.

Un dernier retour sur sa famille passée avant d'en venir à notre tragédie à nous. Et d'abord une scène bouleversante, tellement cinématographique. Esther ou peut-être encore Jeanne m'a raconté qu'un jour une vieille dame épuisée frappe à la porte de sa maison d'enfance. Et il se trouve que c'est elle qui ouvre. Vêtements noirs bon marché, chapeau de travers, rougeurs et sueurs, il a fallu à la visiteuse marcher plusieurs kilomètres depuis la gare.

« Je suis ta grand-mère Siona, dit-elle à la fillette qui n'a jamais entendu ce nom.

– Papa ! Maman ! hurle celle-ci en s'enfuyant vers les pièces intérieures : il y a une folle dehors qui dit qu'elle est ma grand-mère !

– Tu refermes la porte, dit seulement le père, elle repartira bien. »

Quinze ans plus tard, sur ma suggestion, Esther retrouvera dans une ville du midi français et dans un faubourg de Tel-Aviv une noria de cousins et de cousines nés des frères et sœurs juifs de son père, lequel… terrassé à son corps défendant par cette reconstitution, finira par la remercier !

Notre coup de foudre. Nous allons nous aussi faire des enfants ensemble. Hélas, la malédiction de la grand-tante se reproduit deux générations plus tard et frappe à son tour Esther. Ses « trompes de Fallope » sont trop étroites, quasiment obstruées. Si des spermatozoïdes peuvent parvenir à les remonter, les ovaires ne tomberont jamais naturellement dans l'utérus. Je me souviens du jour, de la minute, où ce désastre s'est manifesté. Nous étions dans le métro, Esther se savait enceinte et rayonnait de bonheur. À son habitude elle avait inventé un jeu qui amusait certains voyageurs et faisait froncer les sourcils à quelques autres : elle tournoyait autour de l'une des barres verticales plantées face à chacune des portes du wagon. Innocent *pole dancing*. Soudain, la gymnaste s'effondre, terrassée par une douleur terrible qui lui transperce le ventre comme pourrait le faire un javelot. Je la traîne, je la porte jusqu'à la maternité où elle a passé de premiers examens gynécologiques dont les résultats avaient paru normaux. On bat le rappel des chirurgiens. Elle reste six heures en salle d'opérations. De temps en temps, un praticien ou une infirmière sort pour me dire que « l'embryon est perdu, mais qu'on fait l'impossible pour sauver l'intégrité physique de la maman et ménager l'avenir ».

La deuxième trompe se révélera aussi impraticable que la première. Nous entamerons alors une lourde, presque terrible procédure à répétition de *fiv*, « fécondation in vitro ». Il faut activer sous médicaments la production d'ovaires et en prélever dans le corps de la mère espérée par un premier geste chirurgical. De son côté, le mari est invité à recueillir seul du sperme dans une pièce où les infirmières ont déposé… des revues pornographiques ! faute de goût atroce plus qu'attention cordiale. Puis, il faut tenter la fécondation en laboratoire, laisser la cellule initiale se multiplier pendant quelques jours en éprouvette, enfin réimplanter ces embryons dans l'utérus en espérant qu'ils s'y accrochent, mais qu'ils ne s'y accrochent pas trop pour ne pas produire des sextuplés… Jamais nous ne connaîtrons une issue heureuse, formulation trop douce qui masque la brutalité des faits : la désespérante réalité, c'est qu'un peu de sang sur un fond de culotte montre que les bébés ont choisi de ne pas naître.

Notre couple ne survivra pas à l'épreuve. Tandis que mon affection ne faiblit pas, Esther, dont la fidélité a été jusque là sans faille, cède une première fois brièvement à la sollicitation d'un collègue de travail, lequel en devient fou, sacrifiant sur le champ sa famille, quittant femme et enfants, sans deviner que ces délices immérités ne dureront pas. Nous avons refermé les manuels de puériculture pour ouvrir les tragédies de Shakespeare. J'ai peur de moi, je crains de préférer *Othello* à *Roméo*. Puis, elle organise elle-même une seconde « aventure » avec un nouvel amant que la douceur de ses baisers égare à son tour. Sans doute notre union est-elle devenue aux yeux de la jeune femme miraculeuse la châsse d'un trop grand désespoir passé, la marque d'une injustice physique, non humaine, donc insurmontable, insupportable. Contre les dieux, le combat est rude. C'est du moins ce qu'il me restera à penser.

Je ne crois pas qu'Esther ait pu m'écrire cette lettre après avoir lu mon livre. C'eût été raviver des merveilles condamnées. Des amis communs m'ont dit qu'elle avait trouvé une forme de bonheur et de stabilité auprès d'un dernier compagnon. Ils ont adopté deux fillettes haïtiennes.

*

J'ai ci-dessus employé, pour évoquer la communauté juive à laquelle appartenait l'Esther biblique, l'expression de « frères de race ». Bien sûr, il eût été plus juste de leur prêter une culture commune, mais c'est cette façon de dire qu'a retenue la langue. De ma « liaison multiculturelle » avec mon Esther à moi, blanche bien entendu, me vient donc cependant la suggestion complémentaire d'avouer que je n'ai touché, dans ma vie, qu'une seule peau colorée. Je le regrette encore, tellement ces populations sont riches de jolies filles. Par exemple, ai-je bien fait de renoncer à suivre cette beauté chinoise, à la vérité à peine « jaune », qui m'a adressé la parole dans l'escalier d'un restaurant *MacDonald*, au centre de Macao ? Cher lecteur, chère lectrice, vous voulez l'anecdote ? la voici, elle est brève. Macau, donc, dans l'orthographe locale, dont le toponyme agrège le nom d'une déesse chinoise antique, *Ma*, et un mot portugais, *gau*, qui vaut pour une baie. La nuit. Le célèbre « enfer du jeu » à la juste réputation. Les gratte-ciel multicolores en forme de cornets de glace. Les plaques de rues qui portent en alphabets latin et chinois les noms de célébrités portugaises, saints, rois, politiciens, musiciens, *Rua de Sao Lourenço, Largo de Sao Agostinho, Avenida de Dom Joao IV* ou *do Doutor Mario*

Soares, Travessa de Caetano. L'une des minuscules mais irritantes difficultés que doit résoudre un Européen dans une ville chinoise, fût-elle sino-portugaise, est celle d'accéder à des toilettes publiques. Il faut entrer dans un café ou un restaurant, ce qui n'est pas toujours plaisant lorsqu'on est étranger et qu'on se sent observé. D'où la commodité des MacDo, dont l'accès n'est pas surveillé. Vive l'Amérique ! La fille est très belle, grande et fine ainsi que le sont désormais de plus en plus de Chinoises, vêtue, comme c'est à l'époque la surprenante mode à Macao et à Hong Kong, d'un blouson court sur un tee-shirt long, au-dessus de seuls bas qui laissent apercevoir des parcelles de peau dans un entrelacs de motifs.

« Where are you from ? I love you !

– France.

– Oh, la France, je vous aime beaucoup ! »

Elle m'a pris le bras, elle m'entraîne, elle est « du Nord », donc de Chine populaire. Elle veut dormir avec moi, faire l'amour. Elle ne parle pas d'argent, c'est peut-être un peu prématuré. Mais elle a un peu bu, je ne sais pas dans quelles dispositions elle sortira de son ivresse. Je redoute le sida et même quelques ennuis avec la police locale. Je la remercie de sa gentillesse. Je m'en vais.

Pour évoquer une « aventure teintée », il me faut revenir en Europe, où m'attendent à la fois une merveille magique et une affreuse catastrophe. Bien que seule la seconde renvoie à un épisode sexuel, je raconterai les deux pour donner à goûter l'ambiance de l'instant. Je passe quelques jours dans une maison louée sur une presqu'île atlantique, avec une petite équipe réunie par un metteur en scène parisien, lequel a décidé de représenter la première pièce d'un jeune historien dont la réputation grandit. Le groupe est informel, il s'agit dans l'esprit de son leader de faire bavarder les futurs acteurs, le décorateur, le musicien, avec quelques connaisseurs de la culture locale au nombre desquels il a la gentillesse de me compter. La maison domine un rivage peu propice aux activités balnéaires : pas de plage, mais seulement des rochers entremêlés, couverts d'huîtres sauvages très coupantes et d'une épaisse toison d'algues brunes. Je me risque pourtant à nager au-dessus de ces fonds inquiétants, un jour où une marée particulièrement haute les a dissimulés. Habitué aux francs rivages de l'océan, aux dunes vertes ourlées de sables blancs, j'ai l'impression de baigner dans un douteux cristallisoir, sous le regard de quelque divinité mineure confinée dans ce sombre recoin par des maîtres plus solaires. Je sors de l'eau, et mon cœur fait un bond qui me crève la poitrine : une bague que je porte et chéris depuis plusieurs années, achetée à un vieil orfèvre juif dans un faubourg de Caracas, a disparu ; seul son fantôme tatoue encore mon médius bronzé d'une marque plus claire. Je n'ai même pas à jeter un œil dans la chambre que j'occupe, dans la salle de bains, dans la cuisine, où il m'est arrivé de la poser sur une table de nuit, sur un lavabo, un évier. Je suis certain de l'avoir vue à mon doigt tandis que j'allongeais les mains dans la mer pour commencer une brasse. Il est vrai que j'ai un peu maigri depuis quelques mois et que le tore de métal s'était mis à jouer sur la phalange. Mais comment imaginer qu'il ait pu franchir seul l'articulation ? Un anneau est magique presque par essence, mille légendes ranimées par Tolkien en témoignent. Toute la soirée suivante, le mystère m'obsède, tandis qu'une jeune parente antillaise du metteur en scène, ignorant mon trouble, me gratifie d'appels du pied particulièrement explicites et certainement vaudous… L'insomnie qui me tient pendant la nuit me vient assurément de la perte de la bague, mais la conséquence en est que je finis par rejoindre l'adolescente colorée dans son lit pour quelques douces heures. Au petit matin, je mesure soudain qu'à ce moment la mer est basse et que je pourrais donc examiner à sec les fonds au-dessus desquels j'ai nagé. Je sors, je descends vers l'eau sombre en enjambant avec peine les rochers glissants. Et, ô merveille peu croyable, la bague est là, resplendissante, simplement posée sur une sorte d'acanthe de goémon. On dirait que des mains expertes se sont attachées à faire briller son or, à choisir un emplacement et un mode d'exposition idéals. Je reste une heure assis face au soleil qui se lève, remerciant je ne sais qui, bouleversé par cet épisode qui me paraît digne de quelque quête du Graal. Il se passe des choses extraordinaires dans l'univers. Des merveilles rôdent.

Hélas, quelques horreurs aussi ; les anneaux peuvent être porteurs de malédictions. Lorsque je rejoins le cercle des amis à la table du petit déjeuner, c'est une batterie de regards noirs qui m'accueille. Mon amante sanglote : on l'a malignement tentée pendant la nuit, c'était la première fois qu'elle se donnait à un homme, le drap taché en témoigne, elle s'est réveillée seule et elle se sent déjà abandonnée. Elle veut mourir si je ne l'épouse pas. Me voici dans la peau d'un affreux raciste violeur de fillettes, auquel sa bague trop brillante donne l'allure d'un riche propriétaire abusant des esclaves de sa plantation. Il ne me manque qu'un fouet et des bottes de cuir. Aucune explication ne changera plus la donne. Je suis plus la victime que l'ordonnateur d'une manipulation, mais peut-être n'ai-je pas mesuré le poids d'une relation physique pour une sensibilité et une culture différentes des miennes. Je devrai effectivement m'éloigner de l'éplorée, comme pour lui donner raison. J'aurai à jamais perdu l'amitié de tous les autres témoins.

7. Ténèbre

Un bien beau nom à mon avis : Ténèbre, comme il y a des Aurore. Le signe le plus clair, si j'ose dire, qui me ramène le souvenir de cette déesse, se trouve dans la dernière phrase de la lettre : une pluie de « baisers cachous », noirs et parfumés de réglisse, que seule elle peut m'avoir envoyés de sa couche d'ombre. Me voici contraint d'avouer ce que doivent à cette amante hors du commun les développements de mon livre sur la fécondité créatrice de la Nuit.

Je passe sur les conditions de notre rencontre. C'est la fin qui est intéressante. Nous sommes donc déjà au lit, et c'est un paradis qu'aucune autre romance ne saurait surpasser. Elle aime imaginer que je l'ai enlevée à sa vie passée, que les murailles de notre amour nous protègent des hommes comme des choses, des dangers de la vie, du hasard, des microbes. Nous sommes calfeutrés dans notre plaisir partagé. Nous avons l'un et l'autre nos vies professionnelles que nous respectons comme des temples extérieurs impénétrables : c'est le domaine de l'Autre, de cet autre dont, à l'intérieur, la peau est si douce et les baisers inimitables. Nous nous retrouvons chaque soir pour plonger en riant dans des draps qui nous appellent. Nous avons conservé nos appartements respectifs, mais nous avons vite cessé d'y vivre séparément. En général, nous dormons chez moi parce que le lit est plus grand et la chambre ensoleillée au réveil. Le studio de Ténèbre ne lui sert plus que de garde-robe. Les masques africains qu'elle a conservés après de premières études d'ethnologie et quelques expéditions me font peur.

Il m'arrive de rêver que nous nous connaissons de toute éternité ; depuis si longtemps que nous ne parvenons plus à différencier nos enfances. Est-ce bien Ténèbre qui fut cette nageuse longiligne, championne de tous les concours scolaires ? Il me semble que je sens l'eau me caresser les cuisses ; que c'est mon cuir chevelu que picote une onde de fierté à l'annonce des résultats. Lorsque je la rejoins dans la cabine où elle se rhabille, je jouis autant de pénétrer son vagin d'or rose que de me sentir tapissé de sperme chaud. Est-ce moi que ma mère a tant aimé caresser des lanières d'un martinet ? Viens mon amour, que je calme à coups de langue la rougeur de tes mollets… Rires, halètements. Couleurs des confitures sur les joues de l'un ou de l'une ; goût des fruits et du sucre sur les lèvres de l'autre. Comment ? il est huit heures ? Je vais être en retard, il faut que je me sauve.

Ténèbre a finalement choisi d'être biologiste. J'adore ces heures de demi-sommeil, lorsque son corps repose contre le mien ou même sur le mien car elle m'escalade souvent, son dos sur ma poitrine, les yeux au plafond, et qu'elle me raconte la naissance de l'univers, la saga de cette vie qui nous a faits ce que nous sommes et qui nous offre tant de plaisirs. Je cale ma verge dans le sillon brûlant de ses fesses, et j'écoute. Elle dit que le sexe est le tabernacle où s'entretient le feu du réel. Pour les chrétiens, l'eucharistie est le sacrement essentiel qui commémore le sacrifice du Christ. Pour elle, et pour moi aussi, en faisant l'amour nous perpétuons le mystère qui a produit ce monde. Rien de bestial, c'est le summum de la spiritualité. Ce qu'ils appellent Dieu. Ils aiment dire qu'Il se cache. Eh bien c'est là, dans le lieu et à l'instant où l'esprit défaille : dans le corps, dans l'effondrement du coït, qui ramène avant la conscience, avant même la Genèse.

Je me blottis dans l'abri de son aisselle :

« Parle-moi de ta tribu des Ténèbres, *lorsque l'esprit planait au-dessus des eaux.*

— Sais-tu que la lumière a dû attendre 380.000 ans avant de parvenir à s'arracher aux forces de gravitation ? Avant, il n'y a que du noir ; moins que du vide ; une sorte de rien si on considère que c'est la lumière qui, en s'élançant, crée l'espace.

— Je ne sais pas.

— Ne t'inquiète pas pour autant. Nous sommes avant les mots "exister" et "savoir".

— Je ne m'inquiète pas puisque c'est toi qui racontes. Je savoure l'élixir. Est-ce qu'il y a un rapport entre ce noir primordial et le mystère invisible qui troue aujourd'hui encore nos connaissances ? "Matière noire, énergie sombre", ruminent les physiciens pour nommer ce constituant de l'univers qui manque dans leurs télescopes et dans leurs théories…

– Précisément, on ne sait pas. Tu vois, ce qui est essentiel est noir. »

C'est à Ténèbre que je dois de mesurer le rôle et la grandeur du hasard dans la Création. Il lui arrive de prendre des comparaisons musicales. Au laboratoire, son maître de recherches ne comprend pas comment elle peut mener des réflexions aussi complexes avec des écouteurs plantés dans les oreilles. Je ne la gêne pas davantage en lui tenant un téton comme un diapason pendant son cours théorique.

« Ouverture très dissonante, dit-elle. Un *tutti* monstrueux, *Big Bang.* Et puis une basse de Wagner, tu sais, cette note tenue de *L'Or du Rhin*, avec, par dessus, des battements de Phil Glass, des stridences de Stravinsky, des bribes mélodiques de Miles Davis ou de Charlie Parker. Déjà, dans l'agglutination des particules, puis des atomes, des astres, entre une bonne dose de hasard. Quand on touille un mélange de farine et de lait, il est difficile de prévoir comment vont se former les grumeaux.

– Pas de Grand Architecte.

– Mais c'est plus tard, une fois apparues les molécules complexes de la vie, que le phénomène devient subtil.

– Intermède dansé dit « des erreurs ».

– Tu connais déjà.

– Je rachète un billet.

– Les espèces vivantes sont programmées pour se reproduire à l'identique. Certes, la loterie des rencontres amoureuses et celle de la sexualité organisent une certaine variation dans les limites de chacune d'entre elles : un enfant peut hériter des yeux de son père, des cheveux de sa mère, ou l'inverse ; et cette distribution se fait elle aussi au hasard, à l'issue d'une lutte désordonnée de millions de spermatozoïdes dont un seul sera l'élu. Mais ce petit jeu reste confiné dans le giron de l'espèce qui, elle, ne bouge pas. Teint clair ou mat, cancre ou fort en thème, le bébé est un *homo sapiens*...

– Sauf...

– Sauf si se produisent des erreurs dans la réplication du matériel génétique. En général, ces êtres différents sont inadaptés et vite éliminés. Mais il peut arriver qu'émerge un super-héros plus doué...

– ... par hasard, puisque c'est une erreur.

– Il n'est peut-être pas « meilleur » en soi, mais il se trouve adapté à l'environnement, plus résistant, et il impose définitivement sa nouvelle constitution. S'il se reproduit à son tour – ce qui n'est pas certain – une autre espèce est née, promise à un avenir changé. C'est ainsi que s'est construit notre monde et c'est ainsi que nous sommes apparus : au terme d'une succession de ratés impossibles à prévoir... Tu ne dis pas que c'est dingue ?

– C'est dingue.

– Le hasard est partout, il règne à tous les niveaux. Chacune de nos vies trouve sa voie, rebondit, de rencontre en surprise ; plus encore depuis la raréfaction des mariages arrangés. Et il en va de même pour l'Histoire avec un grand « H », qui ne peut s'analyser avec une certaine logique qu'après coup. *Avant,* personne n'avait prévu que Vercingétorix perdrait à Alésia, que Louis XVI serait exécuté, que Napoléon vendrait la Louisiane avant de s'éteindre misérablement dans une île prison, que le communisme s'écroulerait aussi vite, que le capitalisme mondial trébucherait sur une minuscule affaire d'immobilier américain, que Kadhafi ne finirait pas sous sa tente. Si toute l'économie mondiale est en train de faire faillite ou la démocratie de se généraliser, personne ne saurait dire quel âge nouveau va naître... Je t'ennuie ?

– Ça manque de sexe, je préfère la biologie.

– Pour autant, l'éventail des possibilités n'est pas infini, la liberté du hasard est elle-même contrainte par l'irréversibilité du temps : par l'influence progressive, non pas d'un dessein préalable, mais de la réalité déjà apparue. La planète ne retourne pas à l'un des états qu'elle a connu dans le passé. Le présent fait des petits, les formes des espèces se contaminent entre elles. C'est pourquoi il est plus juste de parler de réseaux, de pelote embrouillée, que de s'en tenir à une forme d'arbre...

– Ça manque de sexe !

– J'arrive ! mon Ténomme, mon seigneur, mon enfant, mon égal.

– Ma déesse.

– L'analogie n'est pas moins belle dans l'autre sens. Chaque rencontre amoureuse d'un seul homme et d'une seule femme précipite le hasard, lance une nouvelle histoire qui relance celle de la Création. On peut même ajouter que, comme ils sont deux à éprouver un trouble, une émotion, une jouissance semblables, ils s'ouvrent à des vérités partagées qui rendent la pensée possible... Il faut être deux pour être certain qu'on pense ; qu'on n'est pas la proie d'un délire.

– Remonte jusqu'à ma bouche, je veux t'embrasser là, d'où sont sortis ces mots. »

Nos rêves ne connaissaient pas de bornes. Je me souviens par exemple d'une conversation extrapolant les brèves lignes d'Hésiode sur l'origine du monde. Je n'ai pas osé la reproduire dans le livre pour ne pas prétendre corriger l'antique poète et mythographe. Il manquait à mon goût, dans les enfants de Nyx, ce Hasard auquel le réel devrait ensuite, au sortir de la nuit, son émergence et son développement. Il existait bien chez les Grecs la fameuse *Tyché*, déesse de la chance et de la fortune, mais elle me paraissait incarner davantage une sorte de hasard gagnant, donc déjà impur ; de gain heureux sur la voie du « progrès ». Au demeurant ils en faisaient une fille de Prométhée, le maître de l'industrie. Son pouvoir s'exerçait dans l'aventure humaine déjà lancée. Le grand Hasard primordial, le maître de l'Évolution, c'était, me semblait-il, autre chose. J'avais donc proposé à ma savante amante de l'identifier à Érèbe, le frère incestueux de la Nuit. Fils de Chaos, il pourrait incarner un type de désordre à peine moins insensé, courtisé mais encore respecté par la horde infinie des avenirs possibles.

« Refusé ! m'avait d'abord lancé mon auditrice. Érèbe personnifie les Ténèbres infernales, tandis que Nyx est terrestre.

— Vendu ! lui avais-je opposé sans trop bien mesurer ce que j'avançais. J'aime bien cette idée de lier l'Enfer au Temps et de les poser l'un et l'autre à l'origine du monde, encore vierge de toute morale mais déjà menacé. Le *Big Bang* devient alors l'orée d'un pays dangereux…

— Pas mal ! Trop beau. Trop bouclé. »

Ténèbre, mon amour improbable et vrai. Notre bonheur est trop stable, il en devient irréel. Des récits inconnus grouillent autour de ce bijou dont ils veulent s'emparer comme des spermatozoïdes d'un ovaire. Les cascades du temps grondent autour des inconscients que nous sommes. Un jour, le front marqué d'une ecchymose dont elle ne veut pas parler, elle ajoute :

« La plage noire du passé est également devant. Les ténèbres, géniteurs de la lumière. »

Puis, en se redressant, à cheval sur mon cou, elle dit :

« Je vais partir.

— Oui ?

– J'hésite entre l'Islande, la Réunion, Hawaï. Les volcans, le rift, la faille où craque et naît la peau du monde…

– Le sexe de la Terre. Laisse-moi le tien en partant !

– Ou peut-être la Grèce tout de même.

– Tu reviendras ?

– Sais-tu que la plus grande montagne du monde est à Hawaï ? L'Everest ne rajoute que trois mille mètres à sa base himalayenne. Tandis que le Mauna Kea monte de dix mille mètres depuis le plancher de l'océan. »

J'insiste :

« Tu reviendras ?

– Je ne sais pas. Ça dépendra des ténèbres.

– Vois pas.

– N'inverse pas les rôles ! l'aveugle, c'est moi ! »

Elle rit sans s'expliquer davantage. De ses deux index elle me ferme les oreilles, pour me signifier que ma part à moi devrait être de ne pas entendre. Elle voudrait ne pas parler, mais elle sait que c'est impossible. Je l'aime. Elle me caresse la joue amoureusement.

« Il m'arrive quelque chose qui change ma vie.

– Tu as rencontré quelqu'un ? »

Elle secoue la tête :

« Quelque chose, pas quelqu'un. Une merveille. J'ai trouvé la porte du noir : je suis narcoleptique ! J'aime bien le mot, les parrains de Colombie peuvent ranger leur dope, je suis shootée de naissance ! »

Elle rit encore. Je ne sais pas s'il s'agit d'une plaisanterie ou d'une confidence.

« Pense à la manière dont je m'endors au cinéma : non pas par lassitude à la fin des séances, mais dès le début de la projection, pendant quelque minutes.

– J'adore te voir sombrer, la tête sur mon épaule. Il est vrai que c'est troublant, on dirait une chamane qui s'absente. "Tu as besoin d'oublier le réel avant de basculer dans l'autre monde du film" : c'est ce que tu as trouvé, et cette idée m'a plu.

– C'était un premier signe. Mais maintenant mon cerveau met la barre plus haut, ou plus bas. Depuis quelques mois, de temps en temps, je m'effondre sans préavis. Dans un néant très noir qui ne me laisse aucun souvenir. Et n'importe où : au labo, dans la rue, l'autre jour dans le métro, et hier chez le boucher. Je me suis fait mal au front ! j'ai heurté l'étal en tombant.

– Pourquoi ne m'as-tu rien dit ? Comment peux-tu rire ainsi ?

– Lorsque je me relève, je suis toute fraîche, à l'aube du monde. Les témoins me disent que je reste au sol pendant quelques minutes, mais à la vérité je n'ai aucune conscience de cette durée. Si je ne me découvrais pas moi-même en train de me relever, je n'aurais pas le sentiment de m'être absentée. C'est un voyage hors de l'espace et hors du temps. Qui dit mieux ?

– Il faut consulter !

– C'est fait. J'ai dans la tête une tumeur non cancéreuse ; un diamant noir qui ne se développe pas mais qui peut, par instants, appuyer sur des neurones et me renvoyer au *Big Bang*.

– Il faut l'enlever !

– Je le garde. C'est mon bandeau magique ! un cadeau de Tyché : ma bonne fortune ! C'est un visa pour un pays très peu visité. J'ai l'impression qu'il y a quelque chose à comprendre, à trouver.

– Dans le noir ? »

Elle approuve silencieusement.

« Il existe un film qui porte ce titre, *Narco* ?

– Oui, mais c'est sans rapport avec ma quête. Le bonhomme qui s'endort rêve pendant ses absences. Comme il est de profession auteur de bandes dessinées, il reproduit au réveil ces aventures inédites dans des planches qu'il se fait voler par ses proches et par quelques gredins. Moi, je ne rêve pas. C'est la clé de ma décision. Le rêve n'est encore qu'une dépendance de l'éveil. Le véritable lieu du nouveau, c'est l'absence. J'y plonge.

– Parle-moi encore.

– À ce *Narco* boulevardier j'ai préféré *My own private Idaho*. Le personnage que joue River Phoenix voit lui aussi quelque chose dans ses phases de sommeil, mais seulement des images très brèves de sa petite enfance, avant que sa mère ne l'abandonne. Sa vie est une errance près d'un trou noir, que ces flashes rendent néanmoins encore trop psychologique à mon goût, trop explicable, trop humain. Au début et à la fin, il s'endort au milieu d'une route toute droite dans une campagne désertique. C'est très beau.

» Et puis j'ai revu *Awakenings*, cette histoire bouleversante tirée d'un cas réel conté par le docteur Sacks, tu sais, ce médecin new-yorkais spécialiste des pathologies bizarres comme celle de ce type qui "prenait sa femme pour un chapeau". Victime d'un handicap cérébral tardif, Robert de Niro est tombé dans un coma sans images, dont le sort soudain un nouveau médicament. Et sa vie repart ou commence, un peu comme la mienne chaque fois que je reprends conscience. Le voici qui rit de nouveau, qui mange, se promène, tombe amoureux…

– Tu me terrifies. Je connais le film. C'est un réveil provisoire. Au bout d'un moment, la drogue devient inopérante. Il meurt de nouveau en quelques mois.

– Tu mesures le privilège ? Mourir plusieurs fois !

– Viens dans mes bras. Je suis fâché.

– C'était mon secret. Maintenant, c'est le nôtre.

– Je t'aime trop. Que vas-tu devenir, si tu ne te soignes pas ?

– Je vais voyager.

– En t'effondrant de temps en temps ?

– Voilà.

– Près d'un volcan ?

– De préférence.

– Qu'espères-tu trouver si tu n'as aucune conscience ?

– J'ai rendez-vous avec la Terre, avant le premier jour. Avant la conscience justement.

– Je te croyais biologiste. C'est une druidesse que j'étreins.

– Une danseuse, plutôt. Je m'avance radieuse, la main dans celle de Nyx. Je veux m'offrir ce voyage. Je vais partir. Seule. Au hasard. »

Nous avons refait l'amour sous des regards célestes. Plus délicieusement, plus chaudement que jamais. Nos corps, nos sexes, nos peaux, nos humeurs fonctionnaient à merveille. Nous éprouvions toute cette machinerie comme de fabuleux cadeaux, et la conscience que nous en avions en était un de plus. J'espérais que son handicap la terrasserait entre mes bras, je voulais la connaître déesse. Pour tenter de la rejoindre, je tenais misérablement les yeux fermés. Je rêvais de devenir à mon tour l'un de ces « enfants de la nuit », *xerodema pigmentosum,* qui ne peuvent sortir que le soir, une fois le soleil couché…

Les miracles n'ont pas eu lieu. Je ne les méritais sans doute pas, je suis en trop bonne santé. Elle a effectivement disparu. Je ne l'ai jamais revue. Les journaux islandais, hawaïens, réunionnais, n'ont jamais parlé d'elle. Même si je veux croire qu'elle pense à moi, je sais que ce n'est pas elle qui m'a écrit cette lettre trop humaine.

Elle est endormie, posée sur des lichens et des roches dans une toundra secrète, sous une brume chaude libérée par un volcan monstrueux. Des ruisseaux de lave dessinent autour d'elle une broderie flamboyante. *« Les vents vont s'embraser, ce soir tout va fleurir... »*

8. Casting

Qui m'a écrit ? Peut-être me suis-je laissé égarer par ces quatre signes désignant successivement Marylise, Pénélope, Esther, Ténèbre ? Y en a-t-il d'autres, que je n'ai pas vu ? Oui sûrement. Nous ne pensons que seuls, mais les idées araignées nous surveillent, tissant un réseau de modèles et de syllogismes sur lequel finissent nos vols de mouche. Nous sommes constamment menacés de nous trouver enrôlés dans des comportements que nous n'avons pas choisis.

Sans doute devrais-je m'intéresser aussi bien aux cas de partenaires auprès desquelles je n'ai passé que quelques heures, ou quelques nuits sans lendemain. Vilain mot, sans doute, que ce « partenaires » sans assez de tendresse, mais lequel employer ? « amantes » serait trop dire. Spontanément m'est également venu cet « auprès desquelles » plutôt qu'un « avec lesquelles ».

La brièveté de ces épisodes a pu tenir à des raisons variées. Nos emplois du temps respectifs, professionnels ou privés, ne nous permettaient de disposer que d'une nuit. Ou bien nous constations au matin, sans nous l'avouer aussi nettement, que nous n'étions pas faits l'un pour l'autre. Questions d'odeurs, de respirations, de formes de lèvres ou de seins, de tailles de sexes, de pratiques gestuelles, de vocabulaire, de rires. Pourtant, la plupart de ces étreintes fugitives ne m'ont laissé que d'aimables souvenirs : parce que, quelle que fût leur issue, il avait tout de même bien fallu que l'idée nous en vînt et que nous prissions les mesures nécessaires à leur organisation. Ces imparfaits du subjonctif traduisent bien la méticulosité des manœuvres nécessaires ! tant au regard des témoins dont la complicité pourrait s'avérer lourde qu'à l'égard de nos propres sensibilités. Des précautions quelquefois synonymes de gros mensonges : pour ne pas nous en trouver honteux ou nous-mêmes meurtris, il suffisait d'en rire !

Un jour, j'accompagne en Corse l'épouse d'un couple ami et nos enfants respectifs pour prendre possession d'une location de vacances. Nos conjoints nous rejoindrons le lendemain. Le soir, sans en avoir jamais rêvé dans les années précédentes, sans l'avoir envisagé ce jour-là et presque sans en avoir véritablement décidé sur le moment, nous nous retrouvons dans le même lit. La nuit est charmante, nous n'en reparlerons jamais, et elle ne se reproduira pas. Je considère que nous n'avons trompé personne.

En plusieurs occasions c'est un déplacement professionnel qui suscite ce rapprochement passager, certes de deux corps, mais aussi bien, quand l'affaire est heureuse, de deux personnalités entières. Il m'est arrivé de retrouver à plusieurs reprises, et à des mois de distance, la même complice avec le même plaisir partagé, sans que jamais nous n'envisagions de seulement nous revoir une fois la mission et la fête closes. La fille était belge : j'aime repenser à nos nuits comme à des actes de communion européenne. Mais elle fumait trop. On m'a dit qu'elle avait cessé.

J'ai aperçu Barbara pour la première fois alors qu'elle se penchait à la fenêtre d'un étage élevé, au-dessus d'une cour que j'avais entrepris de traverser pour éviter un détour par des rues moins directes. Un vol de pigeons m'avait amené à lever les yeux. Elle paraissait si belle, même de loin, que j'ai marqué le pas en espérant qu'elle baisse les yeux vers moi. La contre-plongée lui donnait l'allure d'un ange sur le point de s'envoler. Mais l'intensité avec laquelle elle fixait une autre fenêtre à son niveau, dans l'immeuble qui lui faisait face, mobilisait toute son attention. En tournant brièvement la tête elle jetait par intermittence quelques mots derrière elle, il était impossible d'apercevoir à qui.

Au bout d'une longue minute elle s'est redressée et a disparu de ma vue. Sans doute valait-il mieux qu'elle ne m'eût pas remarqué, même à distance. J'avais le champ libre pour organiser une rencontre véritable. Mon emploi du temps de l'époque me laissait de grandes plages de liberté, et j'ai donc pensé sur l'instant que je reviendrais pour tenter de la rencontrer. Ce que j'ai fait dès le lendemain, avec en tête un plan d'action minimum. Je grimperais jusqu'à l'étage que laissait supposer la position de la fenêtre et je frapperais successivement aux quelques appartements possibles, en prétendant m'être trompé si un inconnu m'ouvrait. Je n'avais guère d'autre solution pour tenter de forcer le destin. Hélas, mon aventure commençait mal : la porte vitrée donnant accès à la cage d'escalier était fermée, commandée par un digicode. Je ne pouvais qu'espérer la sortie d'un habitant des lieux ou l'entrée d'un autre visiteur, qui me permettrait alors de profiter de l'ouverture du tabernacle. La délivrance pouvait tarder, et il n'y avait aucun lieu où me cacher. Peut-être devrais-je revenir avec un journal que je ferais mine de consulter, debout sous le porche, en attendant le moment propice qui de surcroît serait bref ? Très cinématographiques, ce suspense et le risque encouru ! Était-ce ce scénario qui me remuait le corps, ou l'espoir prématuré d'une aventure torride ? J'avais le sexe tendu à me faire mal, je craignais que ma démarche n'en fût affectée. Néanmoins, ce symptôme inconvenant m'amusait. Il me paraissait presque de bon augure que des difficultés s'opposent à mon désir. Les merveilles n'étaient jamais données…

Eh bien si ! Le hasard vole à mon secours, une silhouette descend en effet l'escalier, déjà reconnaissable malgré les défauts des vitres qui la déforment, la porte s'ouvre… et c'est elle ! c'est la fée que j'espérais croiser. Ah ! c'est presque trop tôt, je n'ai pas de phrase prête. Elle me sourit, attend pour lâcher la poignée que je la saisisse à mon tour. Nos deux mains se frôlent. Nos « merci », « s'il vous plaît » », « je vous en prie », se superposent, laissant espérer d'autres chevauchements. C'est assurément un ange, elle est encore plus belle que dans mon souvenir de la veille. Sa peau est sans défaut, ses jambes parfaites, ses dents éclatantes, sa voix juste et timbrée. L'élan de la poitrine au-dessus de la taille incroyablement fine dessine une combinaison de concavités et de convexités bouleversante. Surtout, émane de toute sa personne, de ses gestes mesurés, une forme de timidité et de gentillesse naturelle que les élégances contraintes ne sauraient égaler. Le léger pas de côté qu'elle a esquissé pour me contourner a fait glisser de son épaule l'anse de son petit sac. Elle en réajuste la position, mais, sous l'impulsion de ce nouveau geste, une fiche tombe de la pochette avec de gracieux tournoiements de feuille morte. Elle ne se retourne pas, et je me garde de la rappeler. Je vais peut-être pouvoir recueillir quelque information capitale afin de préparer notre rencontre suivante. Quand je le disais ! C'est un carton d'invitation pour une soirée qu'on devine huppée. « On dansera au son de la meilleure musique de la Nouvelle Orléans ». *High society.* Fichtre ! il ne me reste que quelques heures pour louer un smoking.

C'est donc près de la piscine d'une villa somptueuse que je fais réellement la connaissance de Barbara, très amusée de retrouver aussi vite ce garçon qu'elle a croisé par hasard quelques heures plus tôt en sortant de chez un ami handicapé par une jambe plâtrée. Le malheureux passe ses journées derrière sa fenêtre sur cour, un appareil photo sur les genoux, en essayant d'imaginer que des romans, voire des thrillers, se jouent dans les appartements qui lui font face. Sans doute aussi redoute-t-il obscurément ce qui, en effet, se dévoile dans la *party* dont il se trouve exclu pour ma plus grande satisfaction. Plusieurs hommes gonflés de désir s'y affrontent pour tenter de séduire l'aérienne Barbara, au nombre desquels deux célèbres *crooners* qui lui chuchotent à l'oreille d'interminables rengaines douceâtres : « *True love, true love...* ». Mais je les coiffe tous sur le fil avec, bien sûr, la complicité de la principale intéressée.

Il y a plusieurs petites maisons disséminées dans le parc qui servent à entreposer des outils de jardinage, des maillets de croquet, des raquettes de badminton. Mais l'une au moins a été visiblement prévue pour un autre usage, car elle comporte un petit mobilier de salon, un nécessaire à thé, et un canapé transformable. C'est là que la divine m'entraîne, c'est là qu'il m'est donné de glisser la main sous sa longue jupe plissée, de défaire son corsage de dentelle, et de vérifier que le velouté de ses jambes, de son ventre, de ses seins, ne le cède en rien à celui de son visage ni à celui d'aucune pêche, d'aucune pomme biblique.

Si je me fais discret dans l'évocation de cette effusion qui n'aura que quelques suites très espacées, c'est par respect pour Barbara et pour le destin hors du commun qui l'attend. Quand je l'ai connue, les sociétés les plus diverses s'arrachaient ses faveurs pour en faire leur représentante, leur hôtesse ou leur *top model*. Elle voyageait beaucoup dans le monde entier, et il lui arrivait donc de s'absenter longuement. Je me souviens notamment d'un séjour qui la retint pendant des mois au Kenya auprès de chasseurs de fauves fortunés.

Je finis par la perdre de vue, mais un hasard heureux qui m'amena à me heurter dans la foule d'un champ de courses à son ancien ami, l'homme à la jambe cassée et à l'appareil photo, me permit d'obtenir de ses nouvelles. Ce n'était pas gai. Elle avait sombré dans une improbable psychose. Elle s'était identifiée à la romancière décédée Virginia Woolf, qui avait elle même été de son vivant sérieusement perturbée. Barbara s'était enfuie de la maison familiale, on l'avait retrouvée errant sur le quai d'une petite gare, il avait fallu la conduire dans un hôpital psychiatrique. Au dire de mon interlocuteur, cependant, elle y avait été bien soignée. Ses aventures avaient repris, toujours aussi féeriques encore que désormais dramatiques.

Je ne tardai pas à apprendre, en effet, qu'elle avait cette fois épousé l'héritier d'une principauté de la Côte d'Azur. L'information n'avait, à la vérité, rien d'étonnant : une aussi belle femme était faite pour régner. Hélas, le conte de son destin ne s'était pas éclairci pour autant. Son fiancé avait reçu au cours de je ne sais plus quel conflit une blessure mal placée, qui lui interdisait désormais d'avoir des enfants ; voire même, ajoutèrent des journalistes mal intentionnés, de faire l'amour. Le comble de l'abjection fut atteint par un torchon *people* qui laissa entendre que la déesse avait pris l'habitude de calmer ses ardeurs dans les bras d'un jardinier ou d'un palefrenier de son domaine. Les photos publiées dans la presse à cette occasion ne me valurent pas que de la colère, mais aussi un trouble, une sorte de torpeur persistante. Barbara était désormais brune, sa peau blanche avait pris des reflets cuivrés : « depuis son séjour au Kenya », disait-elle sans expliquer plus avant cette curieuse métamorphose. La rumeur laissait entendre qu'elle se complaisait à parcourir la nuit les salles de son palais en dansant des flamencos endiablés, les pieds nus.

La première étrangeté de Natalie tenait au nombre de ses prénoms qu'elle se plaisait à égrener : Natalie, donc, sans « h », mais aussi Nina, Kate, Sue, Rose, Diane, Nikita, Milla, Jehanne, Uma, Cécile, Vénus, et même un improbable Mamba. La seconde, à la ribambelle d'horreurs et de merveilles qui devaient ponctuer son destin. Je ne dirai rien ci-dessous de nos ébats. Que les lecteurs de ces lignes veuillent bien admettre qu'ils furent aussi fabuleux et torrides que les plus beaux et les moins avouables des rêves.

Natalie Nina Kate était née jolie blonde dans une campagne anglaise lumineuse l'été, boueuse l'hiver, que les différences de classe entre aristocrates et gens de peu rendaient passablement odieuse en toutes saisons. Sue avait épousé, encore jeune, un de ses cousins que seule une insurmontable pauvreté avait contraint à abandonner ses études. Il était devenu menuisier ou potier, je ne sais plus. Deux enfants leur étaient venus, auxquels s'était ajouté un garçon né d'un premier mariage du père. Cette vie déjà remplie s'était soldée par le plus affreux des drames. Le jeune aîné, perturbé par l'insistance des adultes à faire plus d'enfants que la société et même la planète paraissaient pouvoir en nourrir, avait mis fin à ses jours et emporté dans la mort ses petits frère et sœur. Un triple suicide, d'enfants de surcroît.

Rose survécut pourtant à cette abomination. Après s'être séparé sans haine de son conjoint, elle décida de partir vers un autre horizon en embarquant sur l'un des derniers *liners* desservant les États-Unis depuis Southampton. C'est là, sur les quais du port britannique, que je fis sa connaissance. Elle avait deux jours d'avance et elle avait loué une chambre dans une auberge locale. Je devais moi-même prendre le soir un ferry pour Saint-Malo, mais les événements m'amenèrent donc à différer mon départ : de deux jours… Ce fut d'abord une mouette qui nous rapprocha. L'animal mangeait dans la main des passants et se laissait presque caresser, ce qui, au demeurant, ne se produit jamais en France. Pourquoi les mouettes anglaises sont-elles plus familières que leurs consœurs françaises ? Nous échangeâmes d'abord des regards et de timides sourires, puis nous vinrent des mots qui placèrent d'emblée notre conversation dans un registre poétique et même métaphysique. Nous parlâmes de l'oiseau qui avait révélé à Noé, en lui apportant un rameau, que les eaux du Déluge avaient commencé à baisser. Nous remontâmes jusqu'à l'Éden et aux premiers jours de la Création, lorsque les humains et les animaux étaient amis, dans le giron de la Vie. Les prêtres n'avaient pas encore inventé les sacrifices, ni Descartes l'idée que les bêtes n'étaient que des machines.

Cette conversation se prolongea devant force tasses de thé, quelques scones, une délicieuse marmelade d'orange *thick cut*, puis pendant un repas dans un restaurant voisin. Et Sue Rose de me raconter les malheurs de sa jeune vie, assez denses et assez violents pour nourrir la trame d'un terrible roman. Le soir, nous gagnâmes sa chambre qui était à l'étage de l'établissement. Il fallut doubler le montant de la location car, comme on le sait, en Angleterre, le tarif se calcule par personne. Baisers, caresses, fusion, jambes lisses, tétons dressés, lèvres brûlantes, touffe blonde et papillons roses... Mais j'ai promis que je ne détaillerais pas.

Elle était si belle que plusieurs hallucinations successives me la présentèrent pendant nos brefs moments d'assoupissement sous les traits de diverses beautés fabuleuses ou coquines habitant pour la première fois ou pour la millième mes rêves : ceux de Vénus, la déesse de l'amour ; ceux d'Hélène, dans les bras de Pâris ; ceux de Cécile de Volanges, la jeune fille jetée dans le lit de Valmont par la marquise de Merteuil.

Nous avions encore une longue journée et une nuit devant nous. Un taxi nous conduisit dans un joli village où nous fîmes les quelques courses nécessaires à un pique-nique, puis sur les berges d'un lac peuplé de cygnes familiers qui nous parurent multiplier le miracle de notre première mouette. En fin d'après-midi, pourtant, un cygne noir nous fit bondir le cœur en venant se poser devant nous, au grand effroi de la blanche troupe qui se dispersa en grand tapage. Nous tentâmes de nous concilier les bonnes grâces de l'intrus en lui jetant nos dernières fraises, aussi rouges que son bec. Mais le charme était rompu, voire même remplacé par un obscur maléfice. Mal à l'aise, Natalie Nina me pria de revenir vers la ville.

Aurais-je dû m'inquiéter davantage encore, au terme de notre deuxième nuit, de l'apparition de Marguerite, la fiancée de Faust, dans mon cerveau enfiévré et dans un nuage de plumes ? Le tragique destin de l'infortunée paraissait annoncer quelque sinistre plaisanterie du Diable, joignant aux faiblesses des hommes les dangers de la Nature.

De fait, une nouvelle aventure effroyable attendait Kate Rose dans les eaux de l'Atlantique. En pleine nuit, au large du Canada, son bateau heurta un iceberg et coula, emportant par le fond des centaines de malheureux. Je n'avais pour la joindre qu'un numéro de portable qui resta à jamais silencieux. Elle ne figura sur aucune des listes de victimes publiées par la compagnie. Ensuite, les services de l'ambassade britannique à Washington puis ceux du ministère américain de l'Immigration me certifièrent successivement qu'ils n'avaient jamais eu connaissance d'une passagère rescapée de ce nom. Peut-être était-ce un ange que j'avais rencontré et aimé au-dessus d'un pub de Southampton ? Auquel cas la question du sexe de ces créatures est pour moi tranchée sans appel : ce sont des filles.

La suite, car il y en a peut-être une, est plus floue. Je n'ai jamais revu Nikita Mamba ou bien je l'ai revue. Je peine à distinguer nos rencontres réelles des rêves qu'elles m'ont valus. Entre nos moments d'effusion dans des palaces européens ou des motels californiens, je la vois prendre sa revanche sur les avanies de son destin, en devenant à son tour une impitoyable justicière, extermi-nant des gredins à qui mieux mieux : quelquefois à la demande de services secrets, et quelquefois pour venger des agressions dirigées contre sa propre personne, notamment le massacre de sa famille entière pendant l'un de ses mariages.

De cette tourmente surnage un épisode incongru que cette fois je ne m'explique pas : au terme d'un dernier combat, Milla serait morte brûlée vive à Rouen. Quelle horreur que d'imaginer une chair aussi divine, faite pour les caresses de l'amour, finalement consumée par le feu de la haine !…

Si je ne crois pas qu'aucune de ces amantes ait pu produire la lettre qui m'occupe, c'est qu'elle laisse supposer des ébats très agités, quand j'ai toujours préféré de doux mélanges des corps et quand je suis en général parvenu à les faire aimer à ma partenaire. C'est en quoi — je ne devrais pas l'avouer si ce deuxième texte doit être publié — mon livre est peut-être mensonger. Je suis un amant délicat. J'ai horreur des séances de gymnastique qu'ont pris l'habitude de nous proposer les cinéastes de tous les pays. Je n'hésite pas à l'écrire : ce n'est pas ainsi qu'on doit faire l'amour, si l'on veut le goûter pleinement. Cette violence absurde gagne jusqu'aux suggestions de masturbation que nécessitent certains récits. On a l'impression que les garçons vont se décrocher le sexe ou les filles se défoncer le vagin. On a envie de leur suggérer de prendre quelques leçons de jouissance. Je ferme les yeux en attendant la fin de l'épisode grotesque.

9. Bonus

Cher Docteur, vous ne me ferez rien avouer du tout. « Cher Docteur », oui. Arrêtons si vous le voulez bien cette fiction d'un éditeur qui m'aurait suggéré de tenir la présente chronique. C'est à vous que j'écris, et mon refus prend un autre poids d'être adressé à un spécialiste de la santé mentale, à un maître ès normalité. Voyez jusqu'où vont ma candeur et mon audace, je veux bien rapporter ici votre obsession à vous. Elle tient en peu de lignes. Vous voulez absolument que j'aie écrit moi-même la lettre qui m'a lancé dans cet exercice de remémoration. Il est vrai que l'écriture de sa rédactrice ressemble à la mienne, mais j'en dirais autant de la vôtre. Nous avons tous les trois la même façon de reproduire à la main les « a », les « r », les « p », de la graphie dite « script ». Votre principal argument est, j'en conviens, d'une autre nature : j'étais, soutenez-vous, le seul à pouvoir rassembler des indices annonçant successivement les différentes femmes de ma vie, qui ne se sont guère connues les unes les autres. Ni Marylise ni Pénélope ni Esther ni même Ténèbre n'aurait pu juxtaposer des allusions à la baie d'Along, à l'odyssée d'Ulysse, à la hanche de Jacob, à la Nuit originelle…

Encore que, ce disant, vous manquiez peut-être l'essentiel. À votre tour, en exigeant de moi une confession circonstanciée, vous validez plus que jamais l'hypothèse qui fait du présent écrit une sorte de journal. Vous n'allez pas jusqu'à mettre en doute la réalité des amours évoquées. Vous n'imaginez pas que l'ensemble de ces rencontres et de ces donzelles pourrait être intégralement imaginaire : le produit d'une rêverie ; ou, plus drôlement encore, la matière d'un deuxième livre prévu dès le départ, et destiné à permettre l'économie du premier. C'est le cas inverse de ces pseudo-romans qui ne doivent leur diffusion, et même leur édition, qu'aux rumeurs qui en font des récits autobiographiques « à peine voilés » selon l'expression chérie de leurs promoteurs. Votre science, cher toubib, votre quête de réalité, vos schèmes logiques habituels, vous retiennent de mesurer les pouvoirs de la littérature.

Mais prenez garde. Ne déduisez pas trop vite que l'intérêt des textes se cantonne à leur contenu. Leur forme d'une part et d'autre part leur réputation, leur place dans l'histoire de la culture, sont autant à considérer. Laissons les exemples trop pesants et déjà souvent commentés comme celui des dialogues de Platon : c'est tout de même une fameuse curiosité que l'entassement millénaire des écrits philosophiques commence par des transcriptions d'échanges oraux ! lesquels comportent même – dans le *Phèdre* – un inventaire détaillé des défauts de l'écriture ! Je me limiterai ici à l'évocation d'une petite fiction dont j'ai trouvé hier un exemplaire dans la bibliothèque de la clinique ; une histoire de couple elle aussi. Dans son avant-propos à *Une femme douce*, Dostoïevski fait déjà en 1876 une remarque qui relativise la nouveauté des essais ultérieurs de Joyce et pondère la pertinence des reproches de Sartre à Mauriac. Il demande au lecteur, avec une touchante simplicité, de bien vouloir lui pardonner « la forme chaotique » de son récit, ses changements constants de point de vue. Et il se console en constatant que dans *Le Dernier jour d'un condamné*, qu'il qualifie de chef-d'œuvre, Victor Hugo est allé jusqu'à donner à son personnage la possibilité et le temps de conter son dernier jour, sa dernière heure, et « littéralement » sa dernière minute. En vérité, l'originalité du Russe est bien plus grande encore. L'intérêt principal de son récit n'est pas le destin tragique du personnage principal cité dans le titre, mais la manière dont l'auteur nous le conte. Ce « je » bien malade nous laisse entrevoir en creux, par le ballet mortifère de ses hésitations, le véritable responsable du poignant suicide de la douce. C'est prodigieux d'habileté, même si sans doute l'écrivain n'a jamais voulu cultiver qu'une forme de sincérité.

Une fois publiés et commentés, les livres prennent place dans le réel avenu. Un essayiste français a pu, il y a quelques années, soutenir que l'important, pour qui veut se forger une culture de bon aloi, n'est pas tant de les avoir lus que de mesurer leur rôle dans l'histoire de la littérature, donc dans celle de l'humanité. Il y a du vrai dans cette remarque, mais c'est aussi un exercice d'humour noir qui moque ce que la doxa universitaire qualifie de « culture ». À l'inverse, le retour aux textes célèbres du passé m'a souvent valu une déception confinant à l'effarement, qui disait donc d'elle-même l'importance de cette vérification. Plus près de nous, la personnalité et le positionnement d'un auteur contribuent autant que son talent au succès de ses ouvrages. Il n'est pas si certain que quelques chefs-d'œuvre finalement reconnus trouveraient un éditeur s'ils étaient présentés aujourd'hui sous un autre nom. C'est une question que je me pose chaque fois que j'essaie de lire le fameux *Ulysses* de Joyce. Proust a bien été refusé par Gide. Je finis par aimer les aventures de Leopold Bloom et de Stephen Dedalus, mais parce qu'on me les propose, parce qu'elles sont là. Qui dira le continent perdu des œuvres inédites ? C'est encore Borges qui a eu le culot d'avancer qu'il vaut peut-être mieux raconter brièvement un gros livre qu'ennuyer des lecteurs en le lui proposant…

Cher toubib – l'homme au divan – je ne vais donc pas vous faire le plaisir d'un aveu ni même d'une quelconque discussion. Je ne veux pas d'une vie qui ressemblerait au premier polar en vente sur un quai de gare. Quoi ! il suffirait d'identifier la rédactrice ou le rédacteur de la lettre, et l'histoire serait finie ? Il me faut une énigme sans solution. Je ne me souviens de rien, ni de mes rencontres ni de mes rêves. Et votre problématique m'indiffère. Encore qu'elle me vaille un léger souci que je ne veux pas dissimuler. Si j'étais l'auteur de la lettre, le statut des amours citées changerait : loin de subir leur énumération au fil de mon enquête, en leur conservant leur singularité, j'aurais décidé de les rappeler comme si je leur prêtais une valeur d'exemple. Soyez assurés qu'il n'en est rien. Elles ne sont chères qu'à moi. Sur toute autre scène, elles sont dérisoires. Mais seulement comme peut l'être chaque personne humaine, néanmoins respectable. Je ne représente l'humanité que dans la mesure où je ne la représente pas : en deçà ou au-delà de ses peuples, de ses cultures, de ses grumeaux, elle est faite d'un agrégat brownien de solitudes.

Au demeurant, je veux bien faire mienne la remarque que vous avez formulée l'autre jour, pendant notre dernier entretien : en effet, la démarche la plus courante des scientifiques consiste à d'abord patauger dans un grouillement de faits expérimentaux avant de parvenir à dégager une loi universelle qui unifie l'ensemble ; tandis que j'ai commencé par proposer une scène d'amour unique avant de recouvrir de son ombre le marais de mes rencontres. C'est difficile. Il y a du Platon et de l'Aristote là-dessous. Pour ne pas nous perdre dans des labyrinthes spécieux, je préfère vous offrir des images plus concrètes, dont vous ferez ce que vous voudrez : une scène de ma vie, ni certifiée ni mise en doute, et quelques emprunts à des fictions d'autres auteurs. Aïe ! voici bien le « chaos » de l'ami Fiodor : c'est que la lecture de romans, le visionnage de films, comptent parmi les rencontres de notre destinée. Une fois pensé, le virtuel fait partie du réel. Les physiciens disent pire : l'observation d'un possible décide de son état ; de la vie ou de la mort du chat de Schrödinger. Nous sommes dans un chapitre *collector*. Il y a des bonus.

Le premier de ces cadeaux est donc un souvenir que j'ai tu jusqu'à présent sans me faire expressément l'aveu de ce retrait. Je peux presque soutenir, mais presque seulement, qu'il ne m'est pas venu. J'entends vos ricanements. Ayez l'amabilité de les contenir et de ravaler votre sacro-saint « refoulement » jusqu'à la fin de mon récit. J'ai besoin de silence et d'une blancheur surexposée pour conter cette horreur qui m'ébranle encore aujourd'hui.

J'ai dix ans, je suis en classe de sixième dans un établissement mixte, et, comme je l'ai noté ci-dessus, je connais mes premiers émois érotiques ; je porte en rêve, nues dans mes bras, des filles auxquelles je n'ose même pas serrer la main dans la cour. Un matin, j'écris d'un doigt, dans la buée déposée sur une vitre de ma chambre, que j'aime telle camarade de classe désignée par son nom. À la vérité, il me semble aujourd'hui que, si je lui ai lancé quelques regards et sourires, elle n'y a guère répondu. C'est peut-être ce premier soupçon de désillusion qui a armé mon bras. Je me revois, debout en pyjama sur mon lit défait, traçant ce message qui ne s'adresse qu'à moi, au fantôme de l'aimée, et aux anges. Hélas, la buée est tenace ; dans l'heure qui suit, mon frère découvre le tag intact et le montre à ma mère. S'en suit une scène affreuse qu'on aurait du mal à juger vraisemblable dans un récit de fiction. Celle qui m'a porté dans son ventre, celle qui ne m'a jusque là dispensé que des caresses et son lait, s'abandonne à une crise de colère effrayante de femme dépossédée. À dix ans, on ne sait pas encore que la jalousie existe et peut générer une telle violence. La fureur de ma mère fait exploser le monde autour de moi, et mon corps aussi bien ; on me décapite, on m'arrache les entrailles et le cœur. Celle qui fut moi avant moi me menace de contacter les parents de la fillette « pour décider s'il faut nous marier ». Je dus me rouler à terre, la supplier de n'en rien faire ; elle alla jusqu'à me tirer les cheveux, elle qui m'aimait tant, elle qui m'aimait trop.

Cher Docteur, pas d'autre commentaire, si vous voulez bien. Vous repaîtrez de ce cas vos collègues des congrès de psychanalyse. En mon absence. Une dernière image nourrira votre dossier. Un cliché interdit que j'ai honte de produire. Une autre représentation de ma mère m'encombre quelquefois. Je ne vous la propose ici que pour tenter de m'en défaire, un peu comme l'aveu de mon désir sur la vitre de ma chambre visait à en alléger la pression. À l'époque, les femmes ne se dénudaient pas la poitrine sur les plages. Les tampons périodiques n'avaient pas été inventés. Ma mère est nue dans notre salle de bains, elle se passe entre les jambes l'une de ces bandes de tissu éponge dont les femmes se servaient pour contenir leurs menstrues. Je ne sais pas si j'ai vraiment été ce témoin. Si oui, je ne sais pas si j'ai surpris cette scène contre la volonté de l'actrice ou si quelque trouble passager ou quelque négligence d'attention l'a conduite à me la proposer. J'ai eu beaucoup de mal à écrire ces lignes.

Sommes-nous tous menacés de terribles réveils ? Me revient en mémoire la magnifique idée de Nikos Kazantzaki dans *La Dernière Tentation du Christ*. Jésus n'est pas mort sur la croix. Enlevé à son supplice par un ange qui prend à l'occasion l'allure d'un « négrillon » – dans le film de Martin Scorsese, celle d'une pucelle miraculeuse – il renonce à sa divinité, prend pour épouse Marie et pour maîtresse Marthe, les deux sœurs de Lazare, fait des enfants aux deux, reprend son métier de charpentier… fabricant de croix ! Il vieillit humainement pendant de douces décennies, s'apprête à rendre l'âme, entouré des siens et de ses anciens amis dont il avait fait des « apôtres » à l'époque de sa psychose messianique. C'est le moment où retentit un terrible rire. Toute cette autre vie n'était qu'un mensonge de Satan grimé en négrillon, en fillette : un rêve ultime de Jésus dont les années fictives n'ont duré que quelques secondes vraies. Il est de nouveau sur cette croix que dans l'autre univers il aurait peut-être construite. Et le supplice reprend, pour ouvrir l'avenir à l'humanité. « Tout s'est passé comme il fallait ! loué soit Dieu ! tout est accompli ! Tout commence. »

Avant l'émigré grec, le « sulfureux » voyageur anglais D. H. Lawrence, avait imaginé – à la même époque que *L'amant de lady Chatterley* et peu de temps avant de rendre lui-même son dernier souffle – un récit voisin à l'issue opposée : *The man who died*, traduit par Drieu la Rochelle en *L'homme qui était mort*. Après son calvaire, Jésus se réveille sans qu'on sache clairement s'il a bien été passagèrement sans vie ou si « on l'a descendu trop tôt » de la croix. Il est lui-même incapable de distinguer le rêve et la réalité. L'évocation des bribes de conscience qui montent du néant pour éclore dans son cerveau alors qu'il est encore au tombeau, comme des bulles à la surface des ténèbres, est bouleversante. Il a peur de la lumière, il sort au soleil, titubant, et ce sont des détails concrets et minuscules, les plumes colorées d'un coq, quelques pousses vertes sur les arbres, qui lui font redécouvrir ou peut-être bien découvrir pour la première fois la beauté du monde. Il voit comme une folie toute sa trajectoire passée, cette religion future bâtie autour de sa personne, déjà reprise par d'autres, ces *idées* qui pourraient contraindre les jours des hommes. Comme dans les évangiles, il croise bien Madeleine et Pierre, lesquels trouvent intérêt au fait qu'il soit sorti vivant du tombeau : l'argument sera fort pour nourrir leur mission. Mais l'errant apaisé, l'ancien Seigneur, reste sourd à leurs prières. Il ne veut pas recommencer. Il s'en va. Il rencontre une belle prêtresse d'Isis qui vit seule dans un petit temple dominant la mer, et il accède dans ses bras au vrai secret du monde : celui de la jouissance partagée.

Un mot sur la résurrection. Aux yeux des personnages de mon livre qui aiment et pensent d'un même élan, le délire n'est pas chez ces Jésus romanesques, si proches, vulnérables, désirants, mortels, mais du côté des théoriciens et des foules qui en ont fait ultérieurement un Dieu « incréé », écrasant dans son éternité. De la part des théologiens chrétiens, champions de la transcendance et du Saint-Esprit, c'est à coup sûr un aveu criant que de faire, de la résurrection du Christ annonçant celle de tous, un dogme central. Saint Paul l'a reconnu, avec une dangereuse franchise : « Si Jésus-Christ n'est pas revenu de la mort », lit-on dans la *Première Épître aux Corinthiens (15, 14)*, « nous sommes des crétins ou des menteurs ». Il est vrai que Jésus est supposé l'avoir lui-même proclamé : « Je suis la Résurrection et la Vie ; celui qui croit en moi, même s'il meurt, vivra. » Mais il le dit dans l'Évangile de Jean (11, 25), lequel n'est peut-être qu'un reconstructeur qui n'a pas été témoin de ce qu'il rapporte. Lawrence soutient dans un autre livre que l'auteur de *L'Apocalypse* ne peut être l'apôtre bien aimé du même nom. Résurrection et théophagie, telles sont les deux extravagances que les pères de l'Église ont trouvées pour reconnaître sans en convenir, « de mauvaise foi » en somme, l'importance de la chair, la primauté du corps auquel ils s'évertuent pourtant à refuser le plaisir ; comme s'il s'agissait de lui faire payer son emprise sur notre être. Ils auraient pu, plus simplement, encourager la fusion amoureuse des amants ; l'arrachement par l'orgasme aux pesanteurs du réel.

Si les musulmans reprennent grosso modo le credo des chrétiens sur la résurrection (tout en les vouant à l'enfer !), les juifs sont, à leur habitude, moins affirmatifs ; ils préfèrent en discuter ! même si, sans doute, la première idée leur appartient. On en trouve la promesse dans quelques passages de la Bible comme le *Livre de Job* ou dans un cauchemar d'Ézéchiel qui voit « les ossements de la maison d'Israël » se rapprocher les uns des autres, puis se couvrir de nerfs, de chair, de peau. Mais on s'accorde à en situer la véritable naissance en Judée à la fin de l'époque des « macchabées », au IIe siècle avant notre ère. Les juifs se demandant comment Dieu peut permettre qu'ils soient persécutés dans leur juste foi par un pouvoir païen séleucide, ils inventent l'idée d'une résurrection future et d'une récompense éternelle. Ils ne mesurent pas que deux cents plus tard cette solution va produire une religion nouvelle, le christianisme… qui leur vaudra quelques autres ennuis !

Au demeurant le goût des juifs pour le questionnement et la critique peut quelquefois les mener à des conclusions si tarabiscotées qu'on ne sait plus très bien ce qu'il faut penser. Ainsi, au XIIe siècle, le philosophe et médecin Maimonide se voit accuser d'avoir passé sous silence la question de la résurrection dans son célèbre *Guide des Égarés* et d'avoir, apparemment à l'inverse, soutenu que dans « le monde à venir » personne n'aura de corps. Le reproche est suffisamment grave pour qu'il entreprenne d'écrire une longue épître dans laquelle il fait valoir un argument génial : les deux choses sont vraies !

parce que la résurrection n'est pas la fin de l'histoire ! Il y a d'abord résurrection des corps, et ensuite le monde final sans corps ! c.q.f.d. Reste que la résurrection des morts n'est pas mentionnée dans la Torah : aïe ! comment s'accommoder de cette absence ? C'est très simple, reprend le talmudiste : 1. la Torah n'a pas été écrite par Moïse mais par Dieu. 2. la résurrection sera un miracle. 3. vous n'allez tout de même pas demander à Dieu de s'abaisser à annoncer des miracles ? Il en a fait un, « la création du monde *ex nihilo* », qui suffit à justifier tous les autres. Pour le détail du programme, voyez les prophètes ! (Cher Docteur, vous voudrez bien demander aux amis juifs de l'administration et de l'infirmerie de me pardonner cette ironie affectueuse, fruit de mon incorrection foncière : je ne me contente pas, figurez-vous, de citer à distance des livres universellement vénérés ; je les lis ! j'y vais voir ! Cela dit, nous devons au même Maimonide nombre d'autres réflexions subtiles et mieux étayées.)

À la vérité, le rêve qui habite les fils de Jacob est plutôt celui du retour du Messie. Il est difficile de décider s'il existe une corrélation entre cette forme différente d'eschatologie et une certaine promotion de la sexualité : les juifs recommandent volontiers de faire l'amour au cœur du sabbat et de quelques autres fêtes religieuses.

Est-ce que pour autant la promesse d'une résurrection est propre aux religions monothéistes et notamment au christianisme ? Même pas ! Dans l'*Énéide*, au chant VI, Virgile fait descendre son héros aux Enfers où il rencontre non seulement d'anciens morts – classés selon la forme et la raison de leur décès, comme chez Dante ; on comprend que ce dernier ait fait du poète latin son guide au Purgatoire ! il l'avait bien lu ! – mais aussi de futurs vivants, « des âmes à qui les destins doivent d'autres corps »… notamment pour assurer le triomphe à venir dudit Énée et la fondation de Rome ! De même, *Les Métamorphoses* d'Ovide ne sont pas sans rapport avec les réincarnations des bouddhistes. On peut même dire que, tout en étant fantaisistes, elles sont d'un esprit plus moderne, plus « darwinien », dans la mesure où elles ne lient pas seulement les humains entre eux, mais qu'elles les font surgir aussi bien des végétaux, des animaux, dans l'immense réseau de la vie. « L'Évolution » des scientifiques n'est pas loin.

Il vaut donc la peine de rechercher plus haut les sources de ces croyances. Presque toutes les cultures sont à l'origine lestées de la même incapacité : celle de penser l'émergence de la conscience « à partir de rien », parce qu'elle implique symétriquement le retour au néant, la réduction de la survie aux souvenirs entretenus par d'autres vivants. Pour s'émerveiller de cette éclosion, il faut s'inscrire en faux contre toute l'histoire de l'humanité ! (Ne pas se laisser corrompre pour autant par le mirage d'une supériorité intellectuelle de l'athéisme. Continuer à aimer et à respecter l'autre tel qu'il est ; tout au moins s'il est lui-même pacifique. Les croyants sont toujours les plus nombreux sur la planète et notamment dans la démocratie américaine. La réussite matérielle et le culte de la liberté peuvent s'accommoder d'une erreur métaphysique, peut-être même s'en nourrir.)

Le plus grand saut dans l'histoire de l'humanité n'est pas le passage du polythéisme au monothéisme, mais l'invention du divin lui-même, qui englobe ces deux versions. Zeus et Dieu le Père ne sont pas si étrangers l'un à l'autre : ils sont tous les deux au Ciel. Dès que conscience et langage commencent à lui valoir quelques insomnies, *homo sapiens* se dote de dieux ou d'un Dieu, et de rites destinés à communiquer avec eux ou avec Lui. Immédiatement, la chair fascine parce que, quelques que soient les légendes associées à cette Création inversée, telle l'invention de l'âme, c'est bien elle, la chair, qui porte le mystère de la vie. Le sang coule : on sacrifie hommes et bêtes. C'est encore Lawrence qui, dans *L'Amazone fugitive*, a tenté de faire sentir l'horreur et le désir mêlés habitant les victimes des cérémonies aztèques : en l'occurrence, dans cette fiction contemporaine, une femme blanche ! De ce côté de l'océan, le remplacement d'Isaac par un mouton aurait marqué la fin des sacrifices humains. Mais seuls les chrétiens ont poussé le renoncement jusqu'à épargner les animaux. En bons littérateurs ou bien en éclaireurs aveuglés, ils ont basculé dans le domaine du virtuel. Désormais, « ils feraient semblant » ; mais ils feraient semblant de dévorer le Dieu ! En revanche, une trace des anciennes pratiques perdure chez les juifs et en Islam, dans les procédés d'abattage *kasher* ou *hallal*. Le cas juif est même encore plus surprenant : les sacrifices d'animaux, qui ajoutaient au souvenir d'Abraham une référence à l'épisode biblique du « bouc émissaire », n'étaient pratiqués que dans le seul grand temple de Jérusalem, détruit pour la deuxième fois en 70 de l'ère présente. Même si cette perspective est lourde de menaces car le lieu est également saint pour les musulmans, on comprend que depuis la création de l'État d'Israël l'idée de reconstruire cette « maison de Dieu » hante les rêves de nombre de fils de Jacob. Mais le croirait-on ? certains d'entre eux n'hésitent pas à annoncer que les sacrifices d'animaux y seraient de nouveau pratiqués.

Avant de poursuivre, cher Docteur, permettez-moi encore une petite association d'idées que me valent à la fois l'évocation de Lawrence… et le clavier de l'ordinateur sur lequel je vous écris. L'auteur du *Serpent à plumes* est un peu moins radical que moi dans sa quête d'une fusion avec la totalité de l'univers. Il reste vaguement dualiste en recherchant encore « une harmonie, un équilibre naturel, un respect réciproque du corps et de l'esprit ». Tandis qu'il m'apparaît vain d'imaginer un esprit, une âme, une conscience, qui ne soit pas l'une des faces du corps ; la production merveilleuse d'une évolution matérielle ; une cerise ultime sur le gâteau cellulaire ! C'est une argumentation à laquelle devrait être sensible l'homme de l'art que vous êtes. Vous connaissez ces cas extrêmes de blessés ou de malades qui paient l'ablation ou la lésion d'une partie de leur cerveau de comportements extravagants : par exemple, de la perte d'une fraction de leur mémoire jusqu'à ou depuis une certaine date ; ou de « l'oubli » d'un de leur côté, d'une moitié de l'espace dans lequel ils se trouvent plongés. Les inventeurs de la notion de *cyborg* – des organismes mêlant éléments biologiques et cybernétiques – ont fait observer qu'un chien dressé compose avec son maître une sorte d'être global.

De mon côté, je suis le lieu d'un phénomène qui peut paraître dérisoire mais qui n'en est pas moins radical et troublant. Je n'ai jamais appris à « taper » sur une machine à écrire. Mais une forme d'accréditation s'est fait jour dans mon corps, et aujourd'hui je me sers d'un clavier d'ordinateur avec une rapidité suffisante. Ou plutôt un autre « je » que celui de ma conscience l'utilise. Je n'ai aucune idée de la répartition des lettres, et j'ai pu constater que je m'habitue vite à une autre disposition que celle de l'« azerty » français. Je ne sais pas davantage quels sont les doigts qui frappent les touches. Or, voici le plus curieux : je ne peux pas taper sans laisser mes regards courir sur le clavier ; si on le couvre, je deviens analphabète ; plus une lettre ne sort. Pourtant, je ne sais pas ce que je vois quand j'écris et je ne sais pas où j'appuie. Mon corps utilise ses yeux, ses doigts, sa connaissance du texte, et tape en laissant tout autre « esprit », toute conscience, au repos. Ça s'écrit.

Dans cette lumière énigmatique je puis essayer de reformuler ma réponse à votre enquête policière. Qui a écrit la lettre ? J'ai déjà noté plus haut qu'un livre ne se réduit pas à son texte : il faut considérer « la chimère » multidimensionnelle insérant cette glande, ce petit producteur de sens, dans un système beaucoup plus vaste composé du panorama littéraire, de la réputation de l'auteur, de sa vie, du reste de son œuvre, des analyses qui lui on été consacrées, des ouvrages de ses concurrents, etc. Les scientifiques ont dû inventer de nouveaux mots pour nommer des artefacts vivants, ajoutés aux productions de la Nature : ils parlent de « mouchèvre » lorsque se trouvent combinés un mouton et une chèvre, montrant ainsi que leur terrain d'expérience biologique s'étend à celui du langage. De même, la rédactrice ou le rédacteur de la lettre ne se réduit ni à Marylise, ni à Pénélope, ni à moi : c'est un monstre constitué de toutes ces femmes, de mon histoire, de mon désir, du présent texte ; presque de vous aussi, qui m'obligez à parler. En définitive, c'est ce roman, lui-même « chimérique ». La lettre est son sujet ; pour qu'il existe, il faut qu'elle soit ; existant, il la contient ; ils se supposent et se génèrent l'un l'autre. Fiction créatrice.

Cher toubib – l'homme au scalpel – ces histoires de monstres me tournent la tête. Votre clinique me fait peur. Je me demande ce qui se passe derrière ses hauts murs lisses, derrière ses sombres vitres. Aujourd'hui, si on excepte les abattoirs proprement dits et les salles de tortures, les établissements comme le vôtre sont les seuls où des lames tranchent des chairs. Vos « blocs » ont remplacé les temples dans lesquels les prêtres ouvraient les ventres, arrachaient les cœurs. Pour me punir ou me remercier d'avoir écrit cette lettre que vous persistez à considérer comme une entourloupe, vous ne nourrissez tout de même pas le projet de « m'opérer », de transformer physiquement mon corps d'homme ? Il est vrai que, dans je ne sais quelle fable, j'aurais aimé connaître le plaisir d'être une femme. Je m'en tiens aux voyages du rêve et aux vertiges de la littérature. En un sens, en cherchant à les peindre et à les comprendre, en me souvenant de leurs jouissances, j'ai un peu été chacune de mes amantes. Pour connaître d'autres mondes, le roman et le cinéma sont moins dangereux que la schizophrénie. Dans le réel, l'irréversibilité règne. On ne reprend pas les gestes fatidiques. On ne recoud pas, ou si mal, un sexe coupé. L'univers se construit sans retour en arrière, depuis l'état des choses.

J'ai écrit tout à l'heure que je ne parlerais pas du cas des transsexuels. On ne peut pas traiter de tout, surtout si l'on sent que sa parole serait déplacée. Ces malheureux – j'ose ce terme car c'est une terrible infortune que de recevoir des dieux un corps dont on ne veut pas – livrent d'épuisants combats contre la société pour demander des aménagements de la notion d'identité : mais leur véritable ennemi, autrement redoutable, c'est la Nature. J'ai entendu récemment à la radio un chirurgien expliquer comment, en fendant le pénis et « en le retournant comme une chaussette » (sic), on parvient à construire un vagin avec grandes et petites lèvres. Ces étrangetés réelles qui ne peuvent se mesurer qu'aux folies imaginaires de Platon et d'Aristophane me laissent sans mots. Je me contenterai de dire à ces héros antiques que je respecte tant leurs souffrances que leurs plaisirs, et que je soutiens toutes leurs demandes administratives.

Écoutez plutôt ces autres histoires de cliniques, c'est mon deuxième bonus. *La sphère et la croix* est une fantaisie fabuleuse de l'impayable Gilbert Keith Chesterton. Un athée enragé et un indécrottable croyant décident de trancher la question de l'existence de Dieu en se battant, épée en main. Hélas, les duels sont interdits dans le Royaume. Ils ont beau chercher pour s'affronter des endroits reculés, vierges de toute civilisation, dès qu'ils brandissent leurs lames, apparaissent des *bobbies* bien décidés à les empêcher de mener à bien leur geste métaphysique. Et ces *Bouvard et Pécuchet* d'un nouveau genre de décamper, de chercher plus loin. À la fin, épuisés, ils décident de faire une dernière tentative de l'autre côté d'un grand mur que longe le chemin qu'ils arpentent. Les voici dans une grande propriété peuplée de personnages étranges dont l'un se prend pour Dieu et l'autre pour le roi Edouard VII. Tout ce monde et nos héros aussi bien sont dans un asile psychiatrique dirigé par un certain Professeur Lucifer, qui ressemble fâcheusement et drôlement au monde réel. Nos héritages, qui font notre humanité, nous encombrent aussi bien : l'Histoire, ses événements et ses personnages ; les langages et leurs partis pris. Peut-être Chesterton pensait-il aussi qu'un univers sans Dieu devient fou. Je formulerai autrement cette inquiétude qui ne vaut dans ces termes que pour les croyants, les athées ne gagnent rien à regretter l'absence de Dieu puisqu'Il n'existe pas. Je dirai donc que la mécanique aveugle de l'Évolution, des lois de la Physique, peut mener à Auschwitz aussi bien qu'au Paradis si on ne prend soin d'y jeter des graines de morale : là se tiennent le devoir, la définition de l'humanité. Le jugement de Dieu guide ceux qui croient en Lui ; mais Il n'est pas une condition nécessaire du Bien ; la volonté de l'homme devrait pouvoir suffire à établir le règne de la fraternité. Hélas, nous n'y sommes pas. *« Une nouvelle loi existe »*, explique l'un des médecins de l'inquiétant établissement, *« qui donne à l'asile des pouvoirs considérablement étendus. Même si vous vous échappiez, n'importe quel policier vous conduirait au commissariat le plus proche au cas où vous ne pourriez produire un certificat de santé délivré par nous. Nous avons modifié la législation sur l'aliénation mentale. Les gens doivent maintenant prouver qu'ils sont sains d'esprit. »* Stupéfiant de penser que ce texte a été publié en 1909 ! avant le premier goulag et les procès de Prague, avant la « solution finale » des nazis et les lois anti-juives de Vichy ! avant le *1984* de George Orwell. Nous sommes bien en ce bas monde des prisonniers de notre condition, des « prisonniers de notre être », mais rien ne nous empêche de faire de ce cachot un joyeux lupanar… *Genèse porno.*

Un autre apologue m'appelle, auquel me fait davantage penser mon retrait que votre entêtement : une pièce de théâtre du Suisse de langue allemande Friedrich Dürrenmatt, *Les Physiciens*. Une directrice bossue, stéthoscope autour du cou, règne sur un établissement sinistre, mi-clinique mi-prison, dans lequel sont enfermés trois des plus grands savants de l'âge moderne. En fait, deux d'entre eux sont des espions dissimulés sous les pseudonymes de Newton et d'Einstein. Ils veulent arracher pour le compte des pays qui les emploient les secrets du troisième qui, lui, est le vrai Möbius, lequel a résolu les dernières énigmes de la science. Aujourd'hui, on dirait qu'il a non seulement découvert le boson de Higgs mais qu'il a identifié la fameuse « matière noire ». Il sait que ces connaissances nouvelles vont offrir à l'homme une puissance sans limite, de l'énergie gratuite et inépuisable, mais aussi bien des engins de destruction auprès desquels nos bombes nucléaires ne seront plus que de petits pétards. Pour protéger l'Espèce d'une démence suicidaire, il a donc choisi de se faire interner en se faisant passer pour fou. Il prétend converser avec le roi Salomon afin de préparer une paix universelle. « *À notre époque, le devoir d'un génie est de rester méconnu. Il ne peut travailler librement que dans une maison de fous. À l'extérieur, ses pensées sont de l'explosif !* » Il est difficile de dire si la fin est pessimiste ou joyeusement messianique. Tout le monde était manipulé par la doctoresse qui avait copié les manuscrits de Möbius avant qu'il ne les brûle. Elle savait, elle, qu'on ne peut arrêter le temps. « *L'asile est le coffre-fort de mon trust, s'exclame-t-elle ; lequel va régner, conquérir les continents, exploiter le système solaire, voguer vers la nébuleuse d'Andromède.* » Les derniers mots de Möbius sont autrement mélancoliques : « *Ce qui a été pensé une fois ne peut plus être repris. Restera, gravitant, absurde, imperturbable, autour d'une petite étoile jaune sans nom, la terre radioactive.* » Terrible référence supplémentaire que cette petite étoile jaune…

Cher toubib, que vous dire en terminant ? Plutôt que de relire Platon, de rêver vainement d'une identité élargie, d'espérer une modification de la législation ou quelque opération chirurgicale, que diriez-vous d'échapper aux murailles de notre condition et aux miasmes de nos colloques en allant respirer le blizzard du grand Nord, pour y saluer l'extraterrestre d'Igloolik ?

« Vous êtes une femme, Mathilda ?

– Oui.

– Et vous êtes un homme ?

– Oui. »

FIN

Notes sur « l'autoédition 2.0 » et quelques redondances :

Certains des livres que j'ai écrits ont été classiquement édités, distribués en librairies et bibliothèques. D'autres « n'ont pas trouvé d'éditeur » comme on dit, bien qu'à mes yeux ils vaillent les premiers. Je n'entends pas discuter les raisons de leur proscription. Semés dans l'obscure forêt du monde, tels les cailloux du Petit Poucet, j'ai souhaité les sortir de mon seul souvenir ; les exposer à d'autres lumières, aux regards de lecteurs cachés et des anges… Belle époque que celle qui permet d'échapper à l'enfermement !

L'autoédition était jusqu'à l'invention d'Internet une procédure misérable contraignant l'auteur à proposer lui-même ses livres à quelques boutiquiers compatissants, à tenir une comptabilité des volumes placés, puis à revenir dans les mêmes échoppes constater les ventes. Impraticable, humiliant et vain.

Rien de comparable à présent. Ce sont des sociétés mondiales qui diffusent les ouvrages, en format numérique et depuis peu sur papier, à des lecteurs qui peuvent passer leur commande individuelle depuis n'importe quel point du globe. Les éditeurs conservent leur rôle éventuel de détecteurs de talents, d'agents de publicité, de promoteurs de traductions, mais des livres peuvent désormais naître et trouver leurs lecteurs sans eux. Sans doute verra-t-on un jour prochain un ouvrage autoédité sur Internet « faire le *buzz* » et peut-être même gagner un prix littéraire si les critiques ne craignent pas d'apparaître comme des terroristes destructeurs d'antiques institutions !

Je reviens plus longuement sur ces nouveautés radicales dans des pages qui figurent à la fin de l'essai *Quoi d'autre ?* lui-même autoédité.

Quant aux reprises qui entrecroisent mes différents récits, elles sont une trace – un cadeau ! – de l'âge précédent ; une caractéristique à laquelle je trouve aujourd'hui une saveur sacrée, parce que ce sont au départ des difficultés objectives qui me l'ont value, plutôt qu'une décision personnelle.

Les refus des éditeurs auxquels je les adressais n'entamaient guère mon propre avis sur mes manuscrits, pas plus que les remontrances de Sancho Pança ne détournaient Don Quichotte de ses rêves ! Je les avais tant travaillés qu'ils m'apparaissaient comme de modestes « chefs-d'œuvre » du « compagnon d'écriture » que j'abritais dans mon corps. Je voulais bien être jugé à leur aune par les maîtres de la *doxa*. Je regrettais d'autant plus de voir des thèmes et des épisodes qui m'étaient chers demeurer engloutis dans une nuit désertique.

Il m'est alors arrivé, en écrivant un nouveau texte, de penser qu'y serait aussi bien en situation une idée, une séquence, déjà placées dans un ouvrage précédent non publié. Un nouveau château s'édifiait, qui avait un air de parenté avec les précédents, ce qui ne pouvait étonner leur commun architecte.

Or, les temps ont changé, et l'humour s'est imposé à la tragédie. Voici à présent tous ces livres au grand jour et ces chevauchements clairement exposés. Je les ai d'abord conservés pour laisser à chaque ouvrage sa juste composition. Ces rappels ne pourraient fatiguer que des lecteurs assez courageux pour les parcourir tous !

Mais bientôt, en relisant un à un ces romans, il m'est apparu que ces redondances donnaient à leur ensemble l'étrangeté troublante d'une construction concertée, dans laquelle le temps, l'espace, la complexité, le hasard, avaient leur part, à côté de ma volonté d'auteur. Plus encore que chaque récit singulier, c'est désormais leur bouquet, leur réseau intégré, que je revendique. Il devient alors piquant de penser que cette œuvre globale doit son existence aux refus opposés par les éditeurs classiques aux volumes successifs, car, si un seul d'entre eux avait été publié, les reprises des autres m'auraient sans doute retenu de les libérer… Cet *inter-roman* – comme il y a des intertextes – ne pouvait prendre corps qu'à l'issue de cette épreuve et grâce à l'apparition, sur cette bonne vieille planète jamais à court de nouveautés, de « l'autoédition 2.0 ».

J'aimerais tant apprendre un jour qu'un aborigène australien, un indien amazonien, en ont téléchargé quelques pages. C'est techniquement possible. Belle époque !